春在叫

隔沟的那朵山丹丹好红好红

石崖

牧歌与市声

风雨起舞

刘成章　著

中国出版集团　东方出版中心

图书在版编目（CIP）数据

风雨起舞 / 刘成章著. -- 上海 : 东方出版中心，
2024. 7. -- ISBN 978-7-5473-2447-9

Ⅰ. I267

中国国家版本馆 CIP 数据核字第 2024A1E037 号

风雨起舞

著　　者	刘成章
责任编辑	黄　驰
封面设计	钟　颖

出 版 人	陈义望
出版发行	东方出版中心
地　　址	上海市仙霞路 345 号
邮政编码	200336
电　　话	021-62417400
印 刷 者	山东韵杰文化科技有限公司

开　　本	890mm×1240mm　1/32
印　　张	7.5
插　　页	8
字　　数	140 千字
版　　次	2024 年 7 月第 1 版
印　　次	2024 年 7 月第 1 次印刷
定　　价	49.00 元

第一单元 风雨起舞

第二单元　安塞腰鼓

第三单元　延安交响

第四单元　域外迎春

第一单元

风雨起舞

■ 风雨起舞

风是什么?

古人说,是大块噫气。其意为,风是大地在出气。

又问,风是何状?

唐朝有一个叫作李峤的诗人,有一首诗,就是为风塑身:

解落三秋叶,能开二月花。

过江千尺浪,入竹万竿斜。

诗中仅"入竹万竿斜"一句,就能让我佩服得五体投地。风的样子,被他写活了,神了。

从未听说雨会害病,而风,是会的。我们这块土地本来就好刮风,要是这风出了健康问题,风病了,那是非常可怕的,那就是疯。幸好,我此刻正在写的这风,刚刚做过体检,医生说,十年八载都会像运动员那样,肌肉隆起,谈吐高雅,根本用不着为它焦虑。

风来了。风是雨的头。雨要来时,风就在前面打前站。现在风急急跑来,说明雨马上就要来了。

风是带着雨意来的。风一到,雨意就弥漫开来,风代雨先润一润干燥的空气,光线便随之一暗;雨意——雨的意思——是用一勺一勺的甘霖,问候众生,祝福众生,想叫众生提前准备一下;而风,遵循雨意,挨家挨户通知人们,把怕淋湿的东西赶紧收拾回去。风的责任心很强,通知之后,又在墙上墙下,院里院外,甚至楼门里面,四处逡巡。它拍了拍人家的门窗,唤醒女主人,又把晾晒在绳子上的衣物抖了抖,觉得女主人明白了,它才又去别的院子。

那边楼上,一个鸟笼还放在阳台上,里边有个鹦鹉,而它的主人,却浑然不知,埋头于桌前,而雨马上要到了,风就从门缝里钻进去,吹起了它案头纸张。主人一抬头,发现黑云已然临窗,鹦鹉却还在那里,遂急忙提回它。鹦鹉说:"阁下今天十分及时!"主人说:"不要谬奖我! 咱需感谢风!"

当风把雨讯告诉了一切人时,雨,如期而至。雨是驾着黑云来的。黑云的重量,远远地超过了一切飞机。雨在黑云上梳妆打扮,挑选可心的裙裾、鞋、眼镜,因为这是要远赴大地,须注意点形象,那是对大地的一种尊重,也是维护天上的声誉,不可等闲视之。雨在天上都是一些名门望族,每家都有车有马有亭台水榭,假如云彩底下都撑着柱子,它们一定会压得柱子咯吱吱作响。所以说人们计算一片云彩的重量时,要用一种奇异的重量单位——大象单位。看起来只是一片普普通通的云彩,一般也会有二十头大象之重。要是它们原盘跌落下来,砸到哪里哪里就会变成一块肉饼。但是大自然的设计总是那么和谐美好,它用大气上升的强大力量,化解了一场又一场的可怕悲剧。当大地需要雨时,就放开口子让它下,不过那也是设了限的,下落的雨点必须早早儿瘦身,由大象瘦为小小的委屈,小小的打扮入时的温柔雨滴。

这时雨就来了,从天上来了。这时人们抬起眼睛,看见的是一串一串的迷你玻璃球,玻璃球是透明的,里头水意流转,水汽氤氲,有如高色素的摄像头,映像逼真,变幻不定。玻璃球也像些透明的小顽猴,互相或抱、或骑、或搔、或追逐、或说着花果山的古老故事,从天而降。雨是跳下来的,它们脚下腾起的尘烟,说明了它们自由落体的酣畅和淋漓。虽然经过了高空的摔打、揉合和重塑,它们仍然不失稚童的玲珑和精致。

这时候风并未离去,它早已在那儿等着雨。古人云,一日不见,如三秋兮。风和雨互相爱得更深。它们是一分钟不见,如三分之一世纪哦。风早早地就张开了双臂。风上前拥抱。它要和雨,来一个精彩组合,其魅力可想而知。

于是世界上出了这样的美丽画面:"水面清圆,一一风荷举。""自在飞花轻似梦,无边丝雨细如愁。"这些,都是风雨给人们表演的抒情小戏。风雨其实也能跳慷慨大舞给人看:"一蓑烟雨任平生。""风雨一杯酒,江山万里心。"此番大舞踢踢踏踏,是给人们举行的一场灵魂洗礼。

写到此,我感到我的文章,已是满纸风雨。

而风吹雨,风雨相撞,飞珠溅玉,这种景象,最是中国了。中国的风吹着中国的雨,无它,点点滴滴夺目珠玉都是中国:"夜阑卧听风吹雨,铁马冰河入梦来。""知何许。荒村飒飒风吹雨。"除了壮和悲之外,风吹雨还能吹出祥和安逸的境界,它们都是一个东方大国的脉动与心跳。那是霓裳羽衣,那是埙和箜篌,那是五弦琵琶,那是怀素的狂草,是飞天的飘带,是故宫中的飞檐。也是朱时茂与陈佩斯的小品,也是姜昆郭德纲和于谦的相声,也是邓丽君和庄奴的歌曲。

一个人的生命中,假如始终没有风雨,那将是一场多么荒诞多么可悲的事情。

风吹雨时,风和雨早已神奇地融为一体,模糊成了一片波动的 H_2O,根本无法辨清谁是谁。然而刚一瞬,它们又分身为二,两不粘连,风是风,雨是雨。风是男性,雨是女性。风常常显示的是勇猛和力量。因此,陕北的语言借用了刮风的刮字,来形容迅疾如风的赶路:"我没用半天工夫,就刮下来了!"这个刮字力感十足,非常传神。而雨,常常给人温存的感觉。风有风的男性美,雨有雨的女儿气。冥冥中,乐队奏起了乐曲。指挥好像是小泽征尔。雨和风,踏着优雅的节奏,翩翩起舞,每块肌肉都泛溢着韵律。水步。侧转。跳跃。惊鸿飞鹤的流动曲线。蓦然,音乐来了个八度大跳,情绪飞扬上升,而风吹雨,吹雨,吹雨。风的男性的力量和柔情,矛盾统一,相反相成。而雨的绮丽造型一展开,你的视线就凝固了。而它,收紧身子,收紧风的力量。风和雨,借力合力,浏漓顿挫,演绎出醉人的一幕。于是雨,这个美丽的芭蕾女神,被风,被那个男性舞神,托举而起。人们看见,雨把手中的彩带一扬一扬。如此反复几次而后,雨被风抛向空中,雨在空中转体,后空翻,成了清澈透明的仙子,其动作酣畅淋漓,清火明目,完美无瑕。那是至美的曲线,那是销魂的气氛,那是行云,那是流水,那是公孙大娘的不朽剑术,出神入化。

　　风雨中的植物,也随着风雨翩翩起舞,或者说,它们就是风舞雨蹈的形象展现。植物的枝条,大部分都是紧随舞蹈的音乐,整齐划一地一俯一仰,一斜一正,只是它们的动作幅度很有区别。叶大茎软的芭蕉,幅度很大;而玉米和白菜,幅度就较小;还有的幅度更小的,只有些摇晃的意思。不过,它们都动得有条有理,清清爽爽。但是,在那些大叶子杨树上,却显得驳杂扰攘,横张侧展,混乱不堪。它们的枝梢有的好像心不在焉,总是东张西望;有的却是各摇各的,从无一致的方向;有的甚至是南辕北辙。虽是如此,但是如果把它们放到植物的整体中去看,又显得和谐一致,聚散自如,秩序井然,是天造地设的大自然之舞。

风雨中,蚂蚁有蚂蚁的村落,蟋蟀有蟋蟀的家,它们都成了小小的周邦彦,信口朗吟:"此时情绪此时天,无事小神仙。"可是,蝴蝶却没有此等福分,它无家无舍,啥也没有。它孤苦伶仃,形同弃儿。可是,这儿却不是丛林,到处都充斥着温情和友爱。无论是花还是叶,这时候都惦记着蝴蝶了。它们以自己的身体当伞,护佑着蝴蝶。蝴蝶因祸得福,也可以随着它们起舞了。

雨燕是雨中的氢,雨中的量子,雨中的能点强力运动,每粒都穿梭飞翔,自爱自信。如果雨住了,雨燕是一身风;如果风停了,雨燕是一身雨。雨燕在风雨中飞舞、站立或叹息,是一身风雨。这既是众生的影像,也是世界的缩影。时代,就是在这既有热恋、信心、哀伤,也有豁达自在的风雨中发展着。

这时的风雨中,一定还会有在外忙碌的人;一定还会有必须露天值勤的人;一定还会有连一把伞也买不起的漂泊的人。雨淋湿了他们的头发,流进他们的眼中,看起来要多狼狈就有多狼狈,但是毫无办法。陕北民歌说:"半夜里想你没办法。"此二种没办法是很不一样的。一个是自找,一个是真正的没办法。而还有些人,则是另一类自找,找出了一种人生境界。他们往往是人中异类,是神;如果够不上神,也是半人半仙;或者说,是有异禀的人杰。他们是些自找雨淋的人。他们是性喜淋雨,性喜在雨中不打伞地漫步。雨越淋,他们越有精神。他们心胸旷达,和大自然没有距离,甚至互融为一,成了大自然的一块肌肉,一条神经。

科学家富兰克林,一次在野外放风筝,下起雨了。天空雷电闪过,富兰克林下意识地把手指挨近钥匙,出现了一个强烈的电火花,然而他并没有逃离,而是兴奋地大叫起来:"电,捕捉到了,天上的电捕捉到了!"他由此发明了避雷针,使千万高楼大厦避免了被雷击的危险,对科学做出了重大贡献。这是风雨洗出的襟怀,风雨洗出的境界。

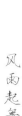

七月的雷雨

　　登上山顶看陕北，最是壮阔。无论向哪个方向看去，都是一样平的茫茫山顶，一样密的层层叠叠，浩瀚无边。

　　这时候是七月，酷暑难耐，太阳像一个喝酒猜拳的莽汉，他喊出的每一声酒令，都使高原滚着烈焰。

　　然而天上没着火，天还是蓝的。在蓝色天空的很远很远的地方，飘浮着几片云彩。那云彩像坐在纽约街头的流浪汉一样，他也许在打盹，也许在弹琴，但因为很远很远，应该和我们没有什么关系。

　　山畔上的野花蔫蔫地开着。野兔急急地寻找着食物。一只土黄色的小蜥蜴，哧溜一下蹿进浓密的马茹子丛中去了。

　　牛在低头吃草。放牛的庄稼汉光脊梁躺在柳树下边，忘情地听着半导体收音机里的戏曲节目。

　　忽然间，天上格巴巴响了一声雷，干硬的雷。

　　望晴朗碧蓝的天空，雷是从哪儿响起的呢？

　　格巴巴！隆……它的第二声又响了，仍然干硬干硬。这下看清楚了，雷声伴着闪电，它就响在很远很远的那几片云彩上。

　　接下来，在那几片云彩上，每隔一半分钟就格巴巴隆格巴巴隆地响一声，如折裂一根根其大无比的干柴。茫茫山顶平展展地无遮无拦，干硬的雷声便特别地浩大，满满地充塞在天地之间，震荡着千里万里。那是天震

啊——天震!

天震!与之相比,世界上的一切声音都显得微弱苍白。

但寻思,不会下雨的,干响。

遂继续欣赏风景。格巴巴的雷声伴奏着,黄土高原的每一道梁,每一座峁,都元气沛然,紧绷肌腱,一副亟欲弹跳的模样。

但雷声更紧更响了。抬头看时,那几片云彩已变成了黑的,又凭空生出许多黑云,都向这边跑来。跑马云彩。云彩跑马。马蹄何铿锵,踩出八千闪电;马背何巍巍,驮着十万雷声。哗地一亮,轰隆,格巴巴巴巴!哗地一亮,轰隆,格巴巴巴!

那云,才知那云绝不是纽约街头的流浪汉,而是躲闪在我们身旁的超级大侠。它们一朝啸聚,威震八方。

天刹那间黑了,起了风,并且叭叭地开始落雨。

跑吧,赶紧找避雨的地方,或者村子,或者荒野石庵。但已经来不及了。雷声就像炸在脑门,闪电就像劈在脸上。脑门和脸上墨汁一片,那是被黑云所涂染。黑云那么厚重(如大山一样),那么低矮(似离地三丈),只是眨眼工夫,已经填满了整个天空,压在头上。雨也随之倾倒下来,浇透了衣衫。慌忙蜷缩在什么地方,要多狼狈有多狼狈。

忽见格巴巴一声,一个绯红的火球在山峁上迅急滚了一下,照得天地贼亮,倏忽炸得粉碎,无影无踪。天又昏暗如前。雨点子如黄豆,如杏核,如核桃。它们摔下来,砸下来,捣下来,汇成凌厉军团钢盔滚滚冲向前,势如破竹。眼睁睁地看着一座山崖,还有山崖上的一棵小树,哗啦一下垮落下去了。

好一个瓢泼大雨！好一个倾盆大雨！但风声阵阵在说：何止瓢泼何止倾盆,简直是一滴三桶！问风：云层上正在何干？是仙女们在过泼水节？是海龙们在开奥运会？抑或,是羽化了的陕北后生们在打安塞腰鼓,把天河踢开了窟窿？但即使是闪电在云层上划开一道那么长的缝子,风也难窥其一丝眉目。

反正暴雨如倒。反正雨脚如麻。

雨脚跳珠,珠随水流去;水流滚滚,难扯断雨绳;雨绳成帘,雨帘成网,雨网网住了一切;云,山,树,只能隐约看见。

雷。闪。惊雷如核弹爆炸,闪电似金蛇狂舞。惊雷闪电中,平地起水三尺;惊雷闪电中,坡上都是激流。茫茫高原,千山万山,处处溪涧,处处瀑布,处处奔流处处河。

最豪壮的是山底下的大小沟渠,它们一条条都是大浪汹涌,怒涛澎湃,气吞云天。

它们流入黄河,黄河一时成了亿万富翁。

而雷电疯了,雨鞭疯了,雨鞭借着风势,以万吨之力,一个劲地直扫横抽。好像这世界,恒定是雨的天下了。好像人们将永无重见天日之时。

孰料这雷雨说停就停。孰料瞬间又还你一个晴天丽日。实在难以想象,雷雨怎么只在三四十分钟的时间里,就把它石破天惊的能量挥发干净了！

然而风真的住了,云真的退了,天真的晴了,雷雨真的说停就停了。再要找它,只有翻开大自然的编年史了。

拧干身上的衣衫,为没出什么岔子又领略了如此壮观的一幕而庆幸,同时再度欣赏风景。壮阔的黄土高原静悄悄的,好像什么事也没发生。只是,天更蓝了,悠悠地四散着一些云彩。太阳撩开云纱脚步轻盈地走出来，变成一个新浴的美人。她一笑一个清新，一颦一个凉爽，一举手一投足一个无尽的优雅，光彩照人。

老黄风记

它还在山的那边,离这儿少说也有十多里路吧,我分明已经感到它的威势了:树梢,泉水,连同我的衣襟,都在簌簌抖动。我看见,缩起一只爪沉思着的公鸡,忽然睁大了眼睛;正在滚碾子的农村妇女,慌忙卸驴,慌忙收拾簸箕笸箩。

它来了。它从苍凉的远处,席卷而来,浩荡而来。它削着山梁,刮着沟洼,腾腾落落,直驰横卷,奏出一首恐怖的乐曲。它把成吨成吨的土和沙,扬得四处都是。天空登时晦暗起来。我抬头看太阳,太阳失去了光辉,变得就像泡在浑黄河水里的一只破盆儿。

它尖厉地号叫着,狂暴地撕扯着。

本来,世界是和平的,宁静的:禾苗上滚着露珠,花瓣上颤着蜂翅;可是,它一来,这些景象都不复存在了。大片大片的庄稼,倒伏于地。飞鸟撞死在山岩上。鸡飞狗跳墙。

本来,那边刚刚栽下一片树苗,树苗都扎下了根,长出了嫩绿的叶片,可是转瞬间这些树苗被连根拔起!和枯草、羽毛、纸片、干粪一起,全被旋上了高空。

它肆虐着,破坏着,炫耀着粗野。而我,早已看不见许多了。我只顾背着身子。我无法睁眼。我的耳朵、鼻孔、嘴巴,全都像灌进了沙粒。我像被一只巨手操着,站不住,走不稳,身不由己,五脏六腑都被摇乱了,像鸡蛋乱了黄儿。我赶紧去找安身之所,于是,我在慌乱中挤进了窑洞。

窑洞里，庄户人们，男男女女，一个个也是刚挤进来；一个个头发上是土，眉毛上是土，肩膀上也是土；一个个变成了灰土猫儿。

按照陕北的说法，这是老黄风。"老"是"大"的意思。这黄风是够大的了。

庄户人嘻嘻哈哈地咒骂着：

"黑小子风！"

"儿马风！"

"叫驴风！"

话不一样，却有共同之处：这风，是雄性的。我想起，两千多年前的楚人宋玉曾把风分为雄风和雌风。他们竟想到一起去了。

这风，是雄性的：雄性的粗暴，雄性的狂烈，雄性的蛮横。也许女人们意会到这一层了，一齐咯咯咯地笑起来。

"笑什么？牙龇得就像脚指甲一样！"一个后生玩笑地说。玩笑也有一股雄性的野气。

风，越来越响地呼啸。

整个黄土高原在痛苦地抽搐。

风，扑打着门窗。

门窗外，黑小子砰的一声摔了酒瓶，掂起丈二长的一根大棒，无法无天，打家劫舍；儿马和叫驴挣脱了缰绳，尥着蹶子，狂奔乱跑。草棚被掀翻了。瓷盆被打碎了，水倒下一地。一会儿，黑小子登上磨顶；而儿马又从头上跃过，咬住了叫驴的脖颈；叫驴被激怒了，疯狂地反扑过来，踏死了几只羊羔和小鸡。黑小子的怪笑声，有如夜空腾起一条冰冷的长蛇。到处烟喷雾罩，混沌一片。

渐渐，人们不再注意它了，互相攀谈起来。庄户人是

耐不住冷寂的,没说几句,就热闹了。一个汉子站起来,凑到一个胖大嫂的身边,扯长声儿唱道:

山羊绵羊一搭里卧,
我和妹子一搭里坐。

他真的紧挨大嫂坐下了。人们一片哄笑。接着,他硬扯着胖大嫂站起来,又唱道:

山羊绵羊并排排走,
我和妹子手拉手。

人们又是一阵哄笑。胖大嫂只是笑骂着,不知该把自己的手往哪儿藏。

陡然间,外面轰轰隆隆,圪里震捣,窑洞的门窗都快要被推倒了。正午的天气,立即变得就像愁惨惨的暗夜。人们不得不点起灯来。

外面,那掂着大棒恣意横行的黑小子,不是一个,足有三百个、四百个!那横冲直闯胡踢乱咬的儿马和叫驴,不是一匹、两匹,足有七八百、上千匹!黑小子都脱光了脊梁,儿马和叫驴都竖直了鬃毛。都是一副凶相,都是汗水淋淋,都红了眼,疯了心,走了形!黑小子长出了尾巴。儿马和叫驴都用后腿直立行走。它们都像山石,山石都像它们,一切模糊不清。而喧嚣声一阵高似一阵,掀起层层气浪,冲击着四面八方。

窗户纸上,被冲开指头蛋那么大的一点窟窿;于是,风进来了,比锅盖大,比碾盘大。墙上挂的铜勺儿、笊篱、锅铲铲,一齐叮叮当当脆响。炕头上娃娃的尿垫子,被旋上窑顶又落了下来。灯被吹灭了。黑暗得就像蹈入死神的峡谷。

但是即便在这时候,我也不必惊慌,不必惧怕。我紧靠着乡亲们。我看见他们是镇定自若的。他们历过不少这种险境,心中有数。窑洞是垮不了的。黄土就是护佑人们的铜墙铁壁,有时候比铜墙铁壁还要可靠些。

人们又说笑起来了。后生们跳了一阵又像秧歌又像迪斯科的舞蹈,缠着一个花白胡子老汉讲一段他进城买尼龙网兜的趣事。老汉不讲,他说他给大伙念一段古诗。他清了清嗓子,清了清拦羊回牛的嗓子,朗诵起来了:

> 清明时节雨沙沙,
> 路上行人该咋价;
> 借问酒家何处有,
> 牧童遥指在那达。

几个青年男女,还有两个毛圪蛋娃娃,一齐畅怀笑了起来。老汉感到十分欣慰。他前些年就念过这首诗。可是全村没有一个人感到好笑。老头对我讲,这说明人们有了文化。

这样说笑着直到晚饭时分,天才明亮了,喧嚣声才住了。我和乡亲们一起走出窑洞,眼见到处一片狼藉,唯有村头的大树虽然断了劲枝,却仍然像石崖一样高高耸立着,而碧草和田苗就像扑倒于血泊中的少女,正两手撑地挣扎着抬起身子。我的心头蓦然升起一股强烈的悲壮感。

那帮黑小子们、儿马们和叫驴们,终于裹进一股沙尘,逝去了,无声无息了。河沟里有几摊棕红色的污泥。

穷山饿石间

一片穷山饿石。

陡峭的坡上,没有任何植被,就像倾泻着黄土的瀑布。

偶然看见一股流水,却细细的,没流几步又不见了踪迹。

气候恶劣极了,有时候风沙满天,有时候赤日炎炎,有时候又暴雨骤至,挟带着西瓜一样大的冰雹。

对于一切生命,这儿的自然环境都是后娘。

一切生命,在这儿都受到了最残酷的虐待。

然而,在这里,生命却照样呼吸着,繁衍着,而且,表现出了异乎寻常的强悍和坚韧。

瞧,那儿,一丛绿。

"那是什么?"城里来的孩子问。

"马牙草。"土著娃回答。

马牙草扎根的地方,是干山硬梁。干得像炕板,硬得像铁。

"它的命最长了。"

"是吗?"

土著娃望望伙伴的眼睛,不再说什么,而是用小镢头刨出马牙草,又狠狠地剁了几下。

火辣辣的太阳暴晒着碎尸几断的马牙草。

"咱们过几天再来看吧。"他们走了。

17

落了一场小雨。

他们又一同走上山梁。

呵,马牙草又扎根了！又活过来了！而且,被剁下的每一截都成了一个新的生命！

一个晴朗的日子,他们一起坐在院子里吃饭。

鸡来了。

土著娃站起来,赶得鸡嘎嘎乱窜。

"为什么老不见喂呢?"

"人的粮食都不多,哪顾上它们?"

"那……它们吃什么?"

"虫子,草籽,山洼里有的是。"

土著娃数了数,少了一只母鸡。想想,嗨,多日不见它了。

他们就一起寻找。

连根鸡毛都没找见。

"大概叫狐狸拉走了。"

"是吗?"

"可不是！狐狸最爱吃鸡。"

但是一天晌午,那只母鸡却突然回来了！并且喜气盈盈地,身后带着一群鸡娃,一群鲜活的唧唧唧叫着的生命！一入秋,他们一起玩耍。

玩的是扔石头,打仗。

土著娃让着城里的孩子,所以,城里的孩子总是占着上风。

土著娃忽然发现,一头老黄牛正在偷吃地里的禾苗,就去赶牛,可是城里的孩子还未休战,一块石头过去,把土著娃的脸打破了。

鲜血直流！城里的孩子跑过去。吓呆了！

"我……我背你去医院。"

"不用,没事的。"

"那,我提包里装有紫药水,我去寻。"

"不用。"

土著娃抓了一把干黄土面儿,给脸上敷了,揉了揉。后来,竟没有感染,竟长好了!

不觉到了冬天。天寒地冻,滴水成冰。早晨,太阳还没出山,他们一起睡在热被窝里,正在做梦。

耳边传来隆隆的响声。

门外的放羊老汉喊叫:"嗨呀! 这么多的炮车!"

土著娃一骨碌爬起来,赤条条一丝不挂,就跑出去了。

城里的孩子摸摸索索地穿上衣裳,也跑了出去。

天气真冷。解放军拉练的炮车,行进在落了一层白霜的村路上。

那么多的土著娃都在观看,男娃,女娃,七八岁的娃,三四岁的娃,都是赤条条的一丝不挂,像一些大小不等的立起来的鱼儿。

过后,城里的孩子由于衣裳还是没有穿好(没扣扣子),感冒了。可是,那些大大小小的土著娃,仍然欢蹦乱跳。

好一片征服了厄运的生命!

快过春节的时候,城里孩子的爸爸来了,要接他回去。

"爸爸,你看我们这儿好吗?"

"好。"

"为什么?"

"把你锻炼得结实了,勇敢了。"

19

在爸爸的心中。孩子的身上已灌注了了不得的生命伟力。因为他知道,这是一片出豪杰的地方。三百多年前,那叱咤风云的李自成,就出在这里。

■ 浅 春

春深了的时候,满眼是绿,绿,绿,满眼是墨绿,满眼是雷霆也炸不碎的绿;今天如此,明天如此,后天亦复如此;万物都是踌躇满志的样子,万物都似乎懒得再动一动了。那,有什么好呢?

眼前可好,是浅春。

这浅春,猛一看去,山是灰黄的一片,树是灰黄的一片,仿佛要使人失望了;可是细瞅那山的坡塄上,树的枝丫间,也有绿:初起的绿,惊醒的绿,跃动的绿。这绿虽然不多,却给人以十分有力的点化。仿佛到处都闪烁着一些什么信息。仿佛到处都包藏着一些什么暗示。它使你不能不像孩子一样,想跑,想跳,想探明一些什么奥秘。而当你甩开胳膊迈开腿的时候,你浑身的每个关节,好像都在情不自禁地歌唱了。

起风了,你向前走去;下雨了,你照样儿向前走去。因为你知道:那初起的绿,惊醒的绿,跃动的绿,风雨,是抹不掉的;它们只会在风雨中健壮起来,繁衍开去。

看看这片风雨中的草坪吧! 一簇一簇细长的枯叶,仍然长在地上,像拖把上的烂布条条一样,厚厚地堆了一层。连雨珠儿的晶莹装饰也不能使它变得稍许好看一些;而就在这枯叶的缝隙,像阳光射穿僵死的云层,像琴声飞出残破的窗口,一支支鲜活而刚劲的绿芽,于腐朽间,于疮痍中,冲出来了! 蹿出来了! 拼着搏着站起来了！枯叶就像是一片废墟，而绿芽就像蓦然矗起的幢幢高楼；枯叶就像是一片荒漠，而绿芽就像是直指云天的枚枚火箭。这情景，立时给人以一种十分强烈的新生的感觉，崛起的感觉，不可抗拒的感觉。

夜里，真冷。你不能不生起炉子，蜷缩到被窝里去，连胳膊也须盖得严严实实。你不由想起古人"乍暖还寒时候"的诗句，对我们祖先的绝妙概括发出由衷的赞叹。而第二天早晨出门一看，嗬呀！地上竟铺着霜了！一些绿芽也被冻成蔫溜溜的样子了！

可是，当忧伤的情绪还来不及散开的时候，强占你心头的，却又是一片喜悦。在暖洋洋的太阳光中，那些被冻蔫了的绿芽，又都恢复了充沛的生气。而且，就在山崖下那蓬荆棘丛中，出现了更加令人鼓舞的新意——开了几朵金灿灿的蒲公英的花儿。在那儿，闪耀着多么鲜亮的奋斗者的欢欣！

这时候，你的心上会生出些什么样的欲望？你难道不想让蓬勃向上的精神注满你的周身，去探索，去创造，去促使这时代像浅春一样，变幻出愈来愈美的色彩么？

春到山水间

小时候常听人说："二月二，龙抬头。"抬头做甚？不得而知。今天的孩子们，恐怕更是难以明白。那么，我打个比方吧。飞机一旦抬头，就是要起飞了。龙也是这样，抬起头就要一冲上天。

龙行天上，大地回春。雨润江南树，那是烟雨；风吹塞北河，那是熏风。布谷鸟一声一声地叫个不停，昆虫都从土里钻出来，互相点点头，打打招呼，然后叙说着春天的故事。

烟雨熏风春来了。春是被万物呼唤来的，一来就是朝霞灿烂。

大黄牛只顾欣赏自己踩下的阔大的脚窝。柳树梢头的喜鹊问柳树，是不是该泛绿了？蒲公英不急不躁，不温不火，却抢了春的先机，它放松地绽开大方而又谦虚的花，像暗夜忽然点亮的灯，而且这灯很多，很亮，一盏一盏地闪耀，好不炫目。

春来了，所有热爱春的人，都心旌摇曳，想去踏春。

我拄着拐杖，也和年轻人一起去郊外。一畦春水浇着春韭，就像浇着杜甫笔下的唐诗。而那些麦苗，已经在不失时机地返青。麦田旁，酥软的泥土享受着阳光的爱抚，冒着丝丝缕缕上升的阳气，人们正在清理去年残剩的庄稼根茬。这儿那儿的荠菜，散发着亘古就有的清香，使我不得不停下脚步挖上一些，以吸纳大地赐予人的丰沛元气。附近一棵棵树木的梢头，早来的春风正在那儿戏闹，它们摇动着，抖落了厚厚的尘埃。我知道，每棵树木的枝干里，都有一条消了冰的河，它们在奔流，在喧响，在演奏充满活力的春的乐曲，从而向着繁盛的夏季勃发。

春来了，我们举手向她致意，和她紧紧拥抱，在烟雨熏风之中。

我居住在京城的一个大院里，院中湖上的薄冰早已融化，人们也脱去了臃肿的羽绒服。许多童车重新聚集在湖边，童车上是牙牙学语的孩子们，阳光打在他们的眸子上，眸子里尽是滟滟天真。院门外又支起了理发摊，我坐下请师傅给我剃头。春阳、春风，无阻无隔地照射我、轻拂我。一只乳燕从空中款款飞来，环绕在我头顶，让人满心欢喜。

"绿杨烟外晓寒轻，红杏枝头春意闹。"这个"闹"字多么传神！现在，红杏还未开满枝头呢，但许多地方早已热闹起来。

最热闹的要数微信朋友圈。朋友圈就像一个成百人、上千人居住的山坳，走进这山坳，有平房，有竹楼，有窑洞，还有四合院。举目望去，家家门上还闪耀着过春节时贴上的红彤彤的对联。古时候，二月二也叫作开笔节。在朋友圈里，人们早已开了笔，争着展示春光，笔下带着春风。

我看见了云南楚雄的赛装节，那是世界上最古老的乡村T台秀，男女老幼都穿着艳丽的彝族服装，赛装赛美。仅是姑娘头上戴的鸡冠帽，就让人看得心醉神迷——在奇美的"鸡冠"上，用细毛线绣出了朵朵牡丹花、山茶花、蝴蝶花。人们载歌载舞，"赛装赛到日头落，跳脚跳到皓月当空"。

风雨起舞

我看见了陕北的许多地方都在闹秧歌——这个"闹"字，与"红杏枝头春意闹"中的"闹"一脉相承——打腰鼓，跑旱船，踢场子。人们都说，那是多年不见的景象了。曾经穷得叮当响的塞外小城榆林，这些年 GDP 持续高增长。小城刚举办了首届中国非物质文化遗产保护年会，运用匠心巧思，歌赞着非遗文化的时代价值。

　　在这些红火热闹中，让我印象最深刻的是那些腮帮子一鼓一陷的唢呐手，他们真情投入，尽情地演奏，向着蓝天，向着春光。

带着风声的花

　　半世纪前的某年某月，有一批血气方刚的艺术家，把"山丹丹"这个口语里、民歌里才有的声音，从民间的唇上搬下来，让它第一次以文字的形式，开放在中华民族的典籍里面。那批艺术家是延安鲁艺的人。我那时年小，并不知道此事，不过我却知道，山丹丹是我们陕北一种极好看的野花。我越长大就越感到惊异，惊异于在我们陕北那么穷苦荒凉的土地上，居然能生出如此高雅如此绮丽如此奢华的花！

　　有一年炎热的夏天，我们几个七八岁的娃娃，终于大着胆子结伴上山了。山上放眼看去好壮阔呀！虽然山上山下不足十里的路程，但我们好像到了另一个世界。一片一片的云，一湾一湾的水，糜谷风带着沁人肺腑的清香，哧溜溜地吹过重重山梁，我们的衣裳和头发也被吹得就像活了。我们在欢笑打闹中爬上跳下。跑了好久，到了一道不长庄稼的荒草坡，那儿烈日照不上，我们就坐下乘阴凉。忽然，我们中的一个娃娃大声喊叫：山丹丹！应着喊声，我们一双双眼睛倏忽一亮。啊，真的是山丹丹！在不远处的畔上，好红好红！我们就一起跑过去，看了又看。我们还一齐趴在那里，伸出各自的小黑爪子，拱成一个花盆儿，而山丹丹就像栽到里边了，在花盆里迎风迎雨，快乐地生长和开花。

　　后来，有个同伴提议：咱们把这山丹丹挖回去栽上。

我们都觉得这是个好主意，就捡了几块小石头当工具，把它连根儿挖了出来。我们第一次见到它的根，它的根就像一疙瘩大蒜头。回家后，我们就把它栽到村前的一个石崖下了，并且浇了不少水。我们都心想，这下，山丹丹真的能在那儿迎风迎雨，快乐地生长和开花了。

光阴飞逝数十年之后，我在创作笔记里写下这样一段文字：在陕北的百花中，山丹丹最爱睡懒觉，开花最晚，但它是最有主意最沉稳的花。春二三月铁牛吼，黄牛也吼，它却翻个身又睡着了。四月五月六月，青蛙击鼓吵它，小河弹琴闹它，黄鹂梢头叫它快醒醒，千树万木大声呼唤，它也还是不醒不开。然而到了七月半，烈日猛地发威，炙烤得万物垂头打蔫，土地也往往干裂，这时候，山丹丹就赶紧起床，而一听到雷电隆隆起身播雨，它就以开花回应，赶紧给雷电探寻的目标，哪一带需要雨，它就在哪一带摇摇自己的花朵。于是酷热的大夏天，往往就像打开了菩萨的甘露瓶儿，喜雨纷纷洒下。

但在我幼时的那些日子、那个石崖下，隔了几天再去看时，我们栽下的山丹丹早已枯死了。山丹丹虽然死了，我们的心却不死。以后好多天，我们都会上山去挖山丹丹，挖来就栽，以至于一些大人都说，你们这几个小鬼真有恒心啊！这当然是赞美的话。也有人看见我们就说，咳！这些娃娃哈，真是喝了迷魂汤啦！

我们挖了栽，栽了死，死了再挖，再栽再死再挖。但我们终未能栽活一棵！这下我们灰心了。那时我们的语文课本上有两句歌谣：我是小八路，生来爱自由。我们便认为山丹丹就像小八路，是最爱自由的花儿，只能让它生长在山野里，挖到家里是根本无法养活的。

读大学时，我的知识增长了，知道山丹丹还有野百合、红百合、细叶百合等学名,但我只想继续叫它山丹丹。我觉得陕北的风雨雷电百草虫蚁都叫惯了它,我也叫惯了它。山丹丹是我们的祖先给它取的乳名,我看见山丹丹就像见了幼时朋友,叫乳名才能表达出我满心的情意。

每逢暑假回到陕北,我感到最幸运的事,就是能看到山丹丹。而暑假之时,山丹丹也正好刚刚开放,朵朵新鲜炫目。啊,你看这边的山沟里,好像地心的一滴岩浆溅出来了!你看那边的背洼上,好像仙女的一点胭脂落下来了!啊,好红好红的花,又有绿叶衬着;红有红的鲜嫩,绿有绿的脆甜。我曾看见一只山羊走近它,但山羊并没有啃它吃它,我想山羊一定是不忍吃或舍不得吃,山羊虽然没读过大学中文系,但它从小看窗花、听民歌,在陕北这浓郁的民间文化氛围中,它一定也学会了一些审美。

随着岁月的流逝,我越来越对山丹丹报以浓烈的感情。我常想,陕北高原不但英雄辈出,而且会剪窗花的巧媳妇儿辈出,山丹丹是散落在草丛里的窗花;山丹丹属于陕北的大地河流,陕北的大地河流绝不能没有它;山丹丹是有灵性的,是可以和生活在这里的人们作心灵交流的。有一年在我乘车去榆林的路上,司机有事下车了,我坐在车里等着。不意间看见一个正在行走的农村婆姨猛然停了下来,顺着她的目光看过去,那儿是一棵开得红亮的山丹丹。我看见那婆姨站定仔细地观赏起来,而在观赏的过程中,她就像得到了一种神启,或者得到了一种提醒:女人就是要俊要美!尽管她的穿着打扮可谓漂亮整洁,她还是将了将头发,又把衣襟再往后拽了拽,然后才又迈步上路。这山丹丹,给了陕北人多少爱美的情愫!

去年的一天,我和幼时的几个同学聚餐,说起当年的种种事情,大家都是满怀兴致。其中一个女同学忽然问我：那年你成天上山挖山丹丹，后来栽活了没有？啊，她居然还记得这件事情！我说，嘿！折腾到底也没种活一棵。一个男同学过了会儿却说，怎没有呢？你种活了一棵最红最大的！我望着他纳闷了。他便又说，《山丹丹开花红艳艳》啊！哦，他原来说的是这首歌曲。我便说，可不敢那么说啊，那花不能说是我种的，人家是个创作集体，我当时不在那个集体里头，只是给人家出了个点子，提供了一本资料。那同学说，要是没有你，那歌会产生吗？我说，那倒也是，他们原来写的是另一种东西。

在欣慰之余，我调出了手机上拍摄的山丹丹，立即发到了他们微信上。那个男同学回去之后让我配上一句话，我这样写道：感谢老同学，你还记得我曾经给其中的一朵提供过种子。

犹记得二十余年前，我还相当年轻，在黄河畔上遇到过一个奇人，他对山丹丹具有特殊的感知能力。不管是坐在汽车中还是走在山路上，只要附近有一朵山丹丹，他就好像长了三只眼或四只眼，马上会看见它。假如他的眼睛忽略了，山丹丹别异的花香，他的鼻子也会闻到。有时候，即使山丹丹正在杂草间悄悄打苞，他居然也能发现，他的心好像能感应到山丹丹打苞时的稀有频率。我有次和他交谈，他说，山丹丹不避阴暗，不嫌低微，总是和杂草们混生在一起，往往越是苦焦的穷乡僻壤，越有它的身影。在往昔那漫漫的长夜里，它就像杨白劳买回的二尺红头绳，就像一杆红旗突然飘扬在高高的永宁山上！很难想象，如果没有它，我们陕北这块灾难频仍的土地，怎么能够撑持下来？

他又说，请问你这个作家，你对山丹丹有什么独特的感受？

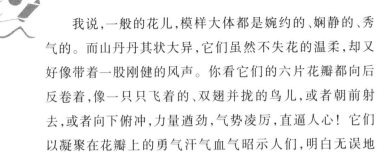

　　我说，一般的花儿，模样大体都是婉约的、娴静的、秀气的。而山丹丹其状大异，它们虽然不失花的温柔，却又好像带着一股刚健的风声。你看它们的六片花瓣都向后反卷着，像一只只飞着的、双翅并拢的鸟儿，或者朝前射去，或者向下俯冲，力量遒劲，气势凌厉，直逼人心！它们以凝聚在花瓣上的勇气汗气血气昭示人们，明白无误地昭示：最美丽的姿态，是奋飞起来！

风雨起舞

跑　藤

　　"春种一粒粟,秋收万颗籽。"这是人世的基本道理。可是我们种了些大蒜,不知何故,施肥浇水折腾了好几个月,结果刨出来一看,一个个蒜头竟小得让人哭笑不得。它的分量丝毫不曾增加。我们只是改变了一下它们的形状:下种时如月牙,现在变成球形的了。咳!

　　我们还种了些西红柿。西红柿的生长期也像大蒜一样漫长,但它却没有让人失望。等到时间它就开花了,结果了,而一旦它的果实开始红了,那真是争着抢着地红,让你不知摘哪个是好。

　　最好种的应该是小白菜了,种子撒下去,只要没有病虫害的侵扰,它宝石般的绿,一个月就可以在炒锅里轻歌曼舞了。收了一拨又一拨,真叫人喜不自禁。

　　瓜类是很有特点的作物,我们种了两个品种的南瓜,还种了几棵瓠瓜。南瓜出苗之后,起初是两片叶,接着有了三片四片,一直到了五六片,欢跃活泼;却只是慢悠悠地长着,个头总不见大。可是有一天,我们发现它的头上生出藤蔓了,而就在这一刻起,它开始猛长了。那藤蔓简直是在牵着它快速奔跑。我们后来知道,这就叫跑藤。据说西瓜也是会跑藤的,但对西瓜来说,跑藤是一件很糟糕的事情,预示着结不好瓜或者根本不结瓜了。而南瓜的跑藤却大可不必紧张,我们只给它掐了掐尖,让它有所节制,就好了。实际上南瓜跑起藤来,还是一道难得一见的好风景呢,你看它们棵棵都在跑,并且一边跑,一边开花,一边结瓜。这时候欣赏着它们,就像读着一首好诗或者一幅好画,我们的心里不由不充满着快感和喜悦。

有一天,忽然发现在西红柿的旁边,又长出一棵秧苗了,看那叶子,无疑是一棵什么瓜了。我们在这儿并没有种瓜的,大概是什么时候无意间将瓜种遗落在这儿,才让它获得了一分生命。心里怀着对它的疼爱之情,每当我们给别的菜们浇水的时候,也不忘给它浇上一勺。

但我们难以断定它到底是南瓜还是瓠瓜。由于这样,很自然地,我们非常留意它下一步会怎么发展。如果是南瓜,也想搞清它究竟是哪种南瓜。

它终于长大起来,并且开了黄色的花朵,接着,花朵下面又膨出瓜蛋蛋了。我们仔细一看,哎哟!它既不是南瓜也不是瓠瓜,出奇了,它竟是一棵冬瓜!

我们不能不在心里思谋:它的种子是风吹来的,还是鸟屙下的?反正太好了,它是一棵飞来的瓜呀,正好填补了的我们菜园里的一项空白。

于是,我们精心地关照着它了。

我们注意到,和南瓜极为相似,在生出藤蔓之前,它长得很慢,要静静地在那儿待上好多天,但一旦生出了藤蔓,它的生长的态势就不一样了。它充满了蓬勃向上的力量。它的藤蔓总是探出身子四处窥测,寻找,试探,总是悸动着,转动着,躁动着,没有一分钟是安分的。我于是隐约意识到,将有一件什么事情要在它的身上发生了。而对南瓜的跑藤了如指掌的老伴说:跑藤在即!它是在做热身运动了!果然,它第二天就开始跑了。

那是一场别开生面的跑呀。

你看,它飞跑向前的藤蔓,姿势优雅,有如运动员长跑时形成的前倾角。如果把时间稍加浓缩,你便会看到,当遇到一道拐坎的时候,它一跃而过,然后就高举着一朵金色的花儿,犹如奏响着凌厉的号角,一往直前。它起先只有五六片叶子,不久就变成十几片了,十几面绿旗在风中飘扬。此情此景,恐怕只有"浩浩荡荡"这个成语才可以形容。又不久,它就冲向西红柿,只见它踩踏着西红柿的茎,挤压着西红柿的叶,碰撞着西红柿的花和果,更不理会途中的野草杂花们会有些什么感受,脚不点地地一路跑过去,跑过去,不知疲倦地跑。

它本来只有一个头,可是几天之后,它就变成了好多的头。每个头都弓起在空中,转动如巨龙之头,长在上面的细而灵活的卷须自应是龙须了。它们展开了跑藤的竞赛。它们齐头并进,互不相让。它们一边跑一边张叶一边开着雄花雌花并且一路结瓜。它们好像是比谁在这世界上活得更加精彩。

我们每走到那儿,下意识里,就像上了运动会的看台。我们在心里向它们欢呼,鼓掌。而它们好像也受到了鼓舞,劲头更足了。到了一堵大墙边的时候,几乎是在一夜之间,嗖地一下,它们都攀上去了。

待大墙绿遍之后,它们又转身跑至地上。它们似乎调整了速度,时而慢跑,时而有如散步。看来它们需要积蓄新的能量。它们比的是坚韧的意志和持久的耐力。

没过多少天,它们的叶子已今非昔比,蔚为壮观,数都数不过来。粗略估计,起码达到三四百片了。夏日的烈日照晒下,三四百片叶子就像三四百支举起的伞,给西红柿们遮着阴凉。而在风雨中,有的西红柿要跌倒了,是它们又急忙伸出卷须之手,把它搀扶起来。而有的西红柿似乎在它们身上学会了自强,硬是拨开了它们的叶藤,

另创天地。

感觉里，跑累了的时候，它们便蹲下休息。一颗颗冬瓜就是它们蹲着的形象。蹲下五六个壮实后生。它们身上遍布着的密密汗毛，好像随着它们的呼吸声微微颤动。不知这些相距不远的后生们，隔了片片叶子，在谈论着些什么。

这时候我们看了看它们的根。我们不能不为之大吃一惊。记得两个月前，那根长得多细多弱呀，可是现在，它已壮如黑绿色的钢铁的缆绳了。我们就给这根上施肥。我们一边施一边望着它们的藤蔓和叶片。我们惊喜地看见，不知不觉间，它们已覆盖了小半个菜园，而且，其前进的脚步已经深入了院子里的水泥地面。

世界上有许多跑，比如跑×、跑××，等等，都是为了某种目的和利益。它们则不是。它们好像只是为了以自己的奔跑彰显生命应有的强悍和洒脱。

由于它有追逐阳光的习性，在跑藤的途中，它的藤和卷须，是随着地球的旋转而旋转的。在万类生命之中，它虽只是小小的一芥，但你从它的动作上，却可以感受到宇宙的节奏和律动。它和宇宙间的茫茫星云息息相通。

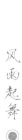

三角梅

那年搬来的时候,我们陆续给我们的小院栽了一些花木,其中包括一棵三角梅。我们知道三角梅可以开出很繁盛很灿烂的花,所以对它怀着极为美好的憧憬,特意把它栽在房屋山墙边的极为显眼的地方,希图无论是谁来到我家门前,一眼就能看见。

不意遇到了令人非常沮丧的事情。栽的时候,都是一样地认真,一样地施足了底肥浇足了水;栽好之后,管理也没有偏三向四,天天都给它浇水;可是,别的花木都长得欢欢势势,到抽条时抽条,到开花时开花,一年下来,都长得很像个样子了,唯独那棵三角梅老是婴儿似的趴在那儿,停滞在那儿,好像完全忘了自己应该长长了。

第二年,那棵三角梅仍然毫无变化。

第三年,满院子的花木都长得青春勃发,高大喜人,可是,那棵三角梅的叶片竟比初栽下时还少了好多,病恹恹的,一派要死不活的样子。我和老伴看着它的时候,常常摇摇头,对它几乎不抱什么希望了,感伤地想,它总有一天会死去的。

到今年是栽下它的第四个年头了。春天,看见别的花木的枝干都在泛绿、发芽,我们再看看那三角梅,它毫无生机,一点要拥抱春天的意思都没有,于是我和老伴多次站在它的面前叹喟,皱眉,甚至责骂。我们说:干脆把它拔了吧,省得它还占着一块地方,还要天天浪费几勺水。我的女儿和女婿，也是这样的观点。至此，全家的意见都一致了，必欲除之而后快。不过，由于大家都懒了一下，一直未能下手，但我们商定到了秋天一定不能再拖了，要挖掉它再栽一棵别的什么。

　　然而，就在我们说这话后的不长时间，事情却出现了意想不到的变化。我们惊喜地看见，三角梅的可怜兮兮的枝叶间，第一次抽出了一枝表皮有着细致纹路的新条，而且长得很快，不久就长到二尺长了，而且在那新条上旁逸斜出，又生出了好几条侧枝。我们高兴极了。但为什么会突然发生这么大的变化呢？也许是我们关于要挖掉它的议论被它听懂了吧！如果是，对它来说，那可是个性命攸关的大事啊，于是它就做出拼命地一搏，终于把生命的力量搏出来了。它好像每天太阳一出来，就死盯着周围的花木，与它们比赛着成长。它身上透露出来的生意、生机和生气，非常生动地展示在蓝天之下，是那么醒目耐看；这时候与其他花木相比，它毫无逊色之处。它像憋屈了好几年的毛毛虫，终于要开始向着花蝴蝶的方向嬗变了。

　　一个多月之后吧，我出门要干什么去，忽见山墙边露出个妙龄女子的脸，静静地望着我，她的身子还隐在墙后。她恍恍惚惚似真似假。是邻家的客人吗？但是后来，我终于从迷惑中清醒过来，看清那是三角梅开了一嘟噜火红的花。它正好长了一人高。我急忙叫来老伴，让她也来高兴高兴。老伴的眼中闪耀出多年来少见的美丽光彩。

　　此后有好多天，三角梅都以那样的姿态藏在墙边，闪出一张妙龄女子的脸，总是把人引入神话般的境地，我总是把它想象成《聊斋》中的美人或者是从画儿中走下来的巧媳妇。她总是趴在墙边调皮地窥探着这个世界。我把我的这种想象跟家人一说，大家的脑子里也有了这样的联想，于是出入之时，都会不由自主地向那儿投去一瞥。

之后，仅仅在这一年的时间里，仿佛只转了个身，这棵三角梅就长成一棵枝茂花繁的大树了，比房檐都高，它的红色花瓣就像红金子捶成的薄片，只要轻轻撞击就能发出动人的声音。太阳照射的时候，它的每朵花都泛溢着红色的光晕；而风儿一吹，它的每朵花都像一只火红的蝴蝶张开了翅膀，扇动着，奋争着，仿佛亟欲挣脱枝头，翩翩飞去。

生命，真是有些说不清道不明的奥秘和潜能的。

殷殷插柳

　　有一句过目难忘的诗,是 24K 的金子,光芒四射,你一搭眼,它就会钻到你的心里。

　　它是一朵销魂的花,却不知出自哪一页历史哪一枝头。回眸春天的枝头,有的挑着"闹"字,有的探头墙外,有的东君着意,有的晴风吹暖,而有的下面,"文字红裙相间出""春事已平分"。一朵朵,都会引来蜂飞蝶舞。它,在哪一朝代的哪一棵树上?

　　它是一滴有灵性的雨,却不知来自哪一朵思绪充盈的生雨之云。是杜甫、李白?还是王维、杜牧?抑或,往下数,宋朝的苏轼、元代的白朴?明清的于谦、郑板桥?

　　滚滚流水,逝者如斯。这诗句闪耀在岁月的波涛中,历久弥新——

　　"插柳不叫春知道!"

　　看看,是何等的风姿绰约,何等的仪态万种!

　　然而,只此一句,既无上句,也无下句;既是题目,也是全诗。它是一种意象:旭日喷薄,英姿奋扬;处处生机,遍地希望;殷殷插柳,别无所求。

　　别看这短短的一句,却抑扬顿挫,平仄起伏,极尽美感。俗话云"孤掌难鸣",它就是孤掌,是一只手,却鸣出了天籁一样的韵脚——ao,押的是句内之韵。

　　在古中国浩瀚无边的诗文里,它是一道绚烂的风景。

　　在我看来,它可以抵得上一件青铜器,抵得上一件金缕玉衣。但它与它们不同。它们缺少些脉动和呼吸,而它,七个字里有魂,有灵,有丰沛的生命气息,有文学的生命力。

它一直陪伴着春。

春是拱开地皮蠕蠕而动的蚯蚓,春是燕子掠过的河水,春是刚刚钻出泥土的草的嫩芽,春是带着露珠儿的荠菜、苦菜、蒲公英、白蒿芽、灰条菜、马苋菜。春是莺啼恰恰,蝶舞时时,乱花浅草,烟雨酥泥。

春是发生,是原点,是根源,一切从春开始。古话说:"一元复始,万象更新。"

春是希望。有了春,才有绿草铺到山野,才有花骨朵缀上树枝,才有羊羔落地,才有百鸟孵卵;才有夏的热烈华美,才有秋的丰谷硕果,才有冬的温暖和酒香。

春是新生的力量。"春在前村梅雪里,一夜到千门。"春草是孙悟空的毫毛,拔一根下来吹一口,漫天飞扬,一落下来,遍地都是春草,遍地都是绿色。春花是娘子军不让须眉,看那花团锦簇,雷声隆隆壮威,河沟里钻,岩石上爬,攻占一山又一山,姹紫嫣红,汹涌奔突。

春意不可违。人误春一季,春罚人一年。

世间最美者,春也;世间最新者,春也;世间最动人者,春也。春是神,关爱着一切生命;春又是客观世界和客观规律。

然而,这句诗的焦点却在春之外,是勤奋的插柳者。插柳者是审美的中心,它诠释着天地精神。

插柳不叫春知道。

这是一种襟怀境界,一种人格高度。在我们中国古代、现当代的浩瀚史书上,每一册都有这样的人物、这样的插柳者。他们或者以满腔春水,浇灌四方;或者沉潜砥砺,开辟新境;或者挥舞阳光,一脸欢欣。

插柳不叫春知道。

春是春草一样的老百姓,是大树一样的老百姓,是人民。民为重,人民最大。

殷殷于春,殷殷插柳,殷殷切切孜孜矻矻。插柳者倾情耕耘,全力奉献,施恩不图报。多少春风,挟带着插柳者的喘息之声;多少春雨,掺和着插柳者的汗滴。插柳者不图什么,只是为了给春添一分烂漫。

插柳者爱春护春,是一种骨肉情感,有如母爱。有如灾荒年里,母亲把自己不多的饭食,偷偷地拨进儿子的碗里;有如儿子远行,母亲日夜担心,悄悄地为儿子许愿祈祷;有如儿子发现这些之后,母亲总是会闪烁其词,竭力掩饰否认。插柳者的这种情,洁净,深沉,是一种大爱。

插柳不叫春知道。

春,也是学界文坛。插柳者甘于寂寞,甘于淡出公众的视线,甘于终年置身斗室,目不旁骛,埋头著述。他们以赤子情怀,书写云霞之章。他们是奉献自己、将火种带到人间的盗火者。

插柳不叫春知道。

春是他人,是与插柳者自己没有多少关联的人。而插柳者,也是平凡的人。在人群里,他们往往貌不惊人,甚至连说话都有些木讷;他们善良、实诚、积极向上,只是悄悄地做着好事,帮助他人,只有这样,他们心里才快乐。

插柳不叫春知道。

他们不需要被知道,不想被知道,他们不喜欢张扬。他们的行为不是展示给世界看的——就像高山流水,就像稻田蛙声,就像春花秋雨。他们自己就是世界的一员。

天底下的鸟儿天天歌唱,哪一只鸟儿是在歌唱自己?

插柳者是有血有肉的生命个体,他们有七情六欲,他们又是历史长河里伟岸的人。他们以自己的行动,表达出对春的敬畏,对世界的敬畏,对众生的敬畏和挚爱。

插柳不叫春知道。

殷殷插柳,插柳者融身于柳。

殷殷插柳,插柳者融身于春。

不叫春知道的插柳,只是心灵的需要、情感的需要、天职的需要。插柳者的一俯一仰,一颦一笑,一生一世,都是诗,都是诗里的内容和韵律。

有一种蝴蝶

　　初冬的到来,只是让人感觉冷些了,走在路上,一棵棵树木如同一个个青年男女,说笑着迎面而来,并没有寒冬的萧瑟。

　　不错,初冬就像高山将尽,大海已经露头,但山的余脉还绵延耸立;初冬就像晚霞即将消失,暮色开始飘浮,但西天依然红艳;初冬是豹身刚刚过去,还露着带花斑的豹尾。

　　我国水墨画的一绝是墨分五色,而我看见这一路初冬的树,十色五十色都不止。金黄的银杏树,浅绿的垂杨柳,赭石色的水杉树,灰枝的樱花树,醉红的枫树,绿黄间杂的梧桐树。枣叶静悄悄地由亮变暗,如同思考着它的根须如何扎得更深,更好地汲取营养;白杨树的叶子翻灰翻白,好似谁把它在水里搓着,颜色虽有些褪落,却越显得精神了。枝已简,花果犹在,十几颗红柿子意欲起火冒烟爆出蜜汁,黄绿色的将要绽放的绒绒的花苞满布玉兰树,还有黑的褐的白的树干……陈绿新红,肥黄瘦紫,斑斑斓斓,深深浅浅,冷冷暖暖,气象万千。

　　这些日子,我经常听名家朗诵诗文,看见眼前这些树木的动人景象,我仿佛又听见了《楚辞》《论语》,听见了李白剑气飞腾的诗、李煜箫声凄切的词,听见了关汉卿的套曲小令,听见了朱自清的散文以及各种形式各种风格各种色彩的当代文学名著,抑扬顿挫,珠跳玉溅。一树有一树飒爽的风景,又犹如钢琴在风景中,十树百树如十个百个郎朗的神妙手指,弹出了冬的序曲。

我走了一会儿,冷飕飕的西风起了。这风与平常的风大不相同,总是一阵一阵地变着花样吹。西风就像爱玩的孩子,四处乱跑。突然,在孩子的面前,出现了一群蝴蝶,飞在眼前,一闪一闪。已经是初冬天气,它们怎么还活着?它们来自哪里?是齐白石的长轴?是张大千的横披?抑或是徐悲鸿的画轴黄胄的册页?小写意的,没骨的,描染的,以墨代色的,闪闪而飞。它们如此新鲜如此活泼,就像刚刚伴过蜜蜂,追过柳絮,从花丛穿梭出来。它们或大,或小,或高飞,或低翔,或者正着行,或者斜着舞,闪着飞着飘着,一闪一闪,纷纷扬扬,起起落落,追逐,相伴,列队,散开,聚拢,上下翻飞乱纷纷。

哦,像孩子一样的西风,逗活了蝴蝶!

不,它们并非蝴蝶,而是飘飞的落叶,但我宁愿相信它们就是蝴蝶。蝴蝶飞得怎么美,它们就飞得怎么美;蝴蝶飞得怎么潇洒,它们就飞得怎么潇洒。它们和蝴蝶一样都有迷人的翅膀——那些迷人的花纹、图案、颜色。落叶的颜色虽然比不上蝴蝶的鲜亮,却也没有多少衰败感,更没有枯槁感,而是隐隐透着昔日的千种姿彩、万种风情,抠也抠不掉。

我国峨眉山有一种名扬全球的蝴蝶,叫作枯叶蝴蝶,据百度百科介绍,它"色美姿丽,拟态逼真"。我眼前这些如蝶的落叶,也是色美姿丽,拟态逼真,假如它们的数量和枯叶蝴蝶一样稀少,二者的价值几近可以等同也。

这些犹如蝴蝶的落叶,花朵样飞,彩虹样闪,翩翩然,闪闪飘飘,快闪慢闪,闪上闪下,庄周的梦,梁祝的情,飞飞飘飘,一闪一闪,四围为之明明暗暗。我看见一只格外艳丽,它舞着舞着却旋转起来,就像芭蕾舞演员用脚尖那样地旋转,旋成了旋风,旋成了花。

众蝶翩翩飘飞,它们是土地的精灵。

莫要说它们和真蝴蝶是两码事。在自然界,落叶和蝴蝶很难说互不相干。落叶不久便会融入泥土,来年春天,有一些真正的、地道的蝴蝶会从泥土里蠕蠕爬出,晒晒太阳就飞了起来。在它们绵软的身躯里,美丽的翅膀上,谁敢说没有这些落叶的生命和灵魂?

风雨起舞

■ 心灵的舞蹈

我好久没有这么激动了，看了一遍又一遍，看了还想看。

是极为好看的舞蹈吗？

不，那不是舞蹈。然而，它胜似舞蹈，是最具有艺术魅力、最打动人心的舞蹈，心灵的舞蹈。

一个梳着双辫儿的小女孩，迈着天真的步伐，走过来了。

她身着风衣，甩着胳膊，步伐跨得很大。从她头发上的彩色线绳和风衣里的红红绿绿看，她是个藏族小女孩无疑。

小女孩的背后，是一脉巍巍青山和青山上的浩荡云朵。

小女孩的前边，应该是一个骑行者的摄像头。

小女孩始终望着摄像头，摇摆着身子，走得那么自在、自信，走得那么欢乐。

她的一对眸子，清澈纯净，像圣湖里的水。

她的呼吸，让人想到正在绽放的春蕾，那么轻盈。

她的步伐，豪迈，洒脱，无挂无碍，那是难以用语言形容的美。

她生在边远地带，却有着高贵而不羁的灵魂。

她早晨吃的是青稞饭吗？她家有牦牛吗？她所在的村子，人们跳锅庄的时候，那篝火像旭日一样辉煌吗？

她好像是天上飘下来的一朵云，一缕阳光，一股暖心的风。

她总是顽皮地笑着，露出两个喜兴的小酒窝。

此景若是音乐，那便是天籁；若是绘画，那上面则全是云霞和野花的色彩。

她突然两手抓住风衣的衣襟，用力地向后一甩，甩成鹰的翅膀。

一切都浑然天成，曼妙之至。

她把自己的美，从里到外全都表现出来了，表现得淋漓尽致。

最后，小女孩自信满满地、笑嘻嘻地缓缓走近摄像头，冲着摄像头，调皮而淘气地张开嘴巴——张得极大，她或许是想逗人一乐。这一幕，让我的心都要融化了！

儿童的活泼、天真、调皮、淘气、开朗，这些美好的天性，小女孩都有，她想把这一切展现给世人。她灿烂的个性让我反复回味，久久难忘。

西藏的蓝天、雪山、草原、森林、湖泊、峡谷和牛羊、帐篷，孕育出了这样的小精灵以及她身上的艺术气质。她已和大自然融为一体。由此可以看出，来自生活深处的童稚的美，远超过艺术家的想象。我想，无论哪个编导，都编排不出这样的作品。

见过这段视频的人，他们的心上，一定都踩下了藏族小女孩的小脚印，都留下了这心灵的舞蹈。

风雨起舞

那夜的黑

可着嗓子高吼秦腔的太阳,终于唱完了它的最后一声,停了下来。天地间依次留下鲜红、浅褐以至于灰色的嗡嗡余音,越来越凉,越来越微。最后,那余音不知倏地潜入哪棵树下,天黑尽了。

又突然乌云密布,连星星的窃窃私语也听不见了。

所以山间的黑沉沉的夜来了。确实来了,气势磅礴,席卷天地,一片漆黑。是的,这时候的山间之夜没有其他任何颜色,只有黑,黑黑黑黑黑,黑成了一切。黑简直是来了个突然袭击,瞬间就强占了四面八方。杆杆黑旗飘扬。黑色的兵马威风凛凛。人和万物都作了黑的顺从的俘虏。问俘虏何所见?俘虏们说:天地是一口古井,一个黑洞,一个无灯的海底隧道;或者是一个黑里黑面充着黑色棉花的大厚黑棉被,蒙住了一切。问俘虏何所思?俘虏们说:看不见鸡在哪个架上,牛在哪个槽前,狗在哪家院落,因为鸡、牛、狗都成了黑甲虫了;夜是黑的,黑甲虫是黑的,谁能看见黑色中的黑?伸手也不见五指,因为天地已经成了风钻正在隆隆采掘的煤井的掌子面啦,掌子面里煤屑纷飞撒落,手伸出的同时就被严严实实地埋住了。问俘虏可有诗?俘虏们齐声吟道:啊,到处是黑黑黑黑,黑挤着黑,黑重着黑,黑黑黑黑黑黑黑,漆黑难辨南和北。嘿,可真黑!问俘虏有些什么感想?俘虏们却再不吭声了,到处一片寂静,因为它们一个个横躺竖卧,全都

抱头大睡了。

很久没见这样的夜了。多年来住在喧嚣的城市里，白天不像白天，黑夜不像黑夜。白天天不蓝，太阳不红。黑夜天不黑，和白天没有多少区别。城市的夜黑得太困难了，常常是好像要黑了黑了，却又忽然没有了黑的意思，却亮起了街灯，路灯，车灯，霓虹灯，白炽灯，在这些灯的搅扰下，就再也黑不下去了，黑，像一颗难产的蛋。要说黑，那是淡而无味的黑，温不啦及的黑，摔不响的黑，有气无力病病殃殃的黑。其实是一种昏黄，好像吸毒者的脸。其实昏黄的颜色还是东一坨西一坨的，好像一块婴儿的尿垫子。好像是为了应付差事，走一下过场。哪像这山间，天要黑就真的黑了，翻江倒海，拼尽全力，黑得那么彻底，那么痛快，那么健康。哪像这山间是真正的夜，黑出了极高的品位，豪华，醇厚，郁郁葱葱。仿佛只要随便伸手抓一把，就能抓来十斤八斤。仿佛只要损坏一寸，就会给历史留下十分深重的遗憾。

按照我们智慧的祖先的观点，万事万物，一阴一阳蔽之；阴阳转化，乃是天地正道。因而既有严冬，也有酷暑；既有晴，也有阴；既有白天，也有黑夜。这样的环境才是一切生物的最佳生存环境。即以苹果而言，要是没有以上这些变化，它能长得甜吗？同样的道理，生活在一个没有白天和黑夜的明显区别的城市里，人的智慧和灵感也绝不会像喷泉一样地喷涌。

所以面对这样的山间之夜，我就很是兴奋了，我很想把它永留于纸上。但我现在没墨，没黑的颜料，只好从自己的躯体中寻找。眼睛算一宗。眉毛算一宗。头发本来是很可观的一宗，可是由于岁月的淘洗，有一些已经发白了，不过它仍然是最大的一宗。此外可以说还有一宗，那就是零零散散的几颗雀斑。遍搜全身，就是这一些了。那么，就让我一点一点地消耗它们，加以描摹。

这夜啊，无月，无星，无灯火，甚至无一丝亮光。似三皇之夜，如五帝之夜。好黑！深邃的黑。古雅的黑。丰腴的黑。我张嘴，夜喂我一嘴黑甜。我竖耳，夜吟我一耳黑静。我举目四望，四面的夜湿淋淋的，有了三滴水的偏旁，应是液化了，潺潺自我的睫根流进，滋润我的眼睛。为了使我得到更大的休息，白天可以看见的上万种颜色，都消失了，都湮灭了，都归于黑。山是黑的，水是黑的。山长着黑草，水翻着黑波。黑波像黑草，黑草像黑波。所以所见唯黑，只有黑。黑成了黄宏和宋丹丹扮演的超生游击队了，已经生下那么多，却还在生。逃着生。躲着生。只要有空就是生。而且，生下的黑在黑的枝头抖一下翅膀，就又落下一团黑了；生下的黑在黑的石头上鸣叫一声，就又使黑加重了几分。而夜雾中储饱了墨汁，墨汁滴落着，一层一层地重在黑上。好黑哪这夜！这黝黝黢黢的夜！这时候，只要有个萤火虫提个灯笼走来，就会掘出个红的窑洞。而萤火虫的灯笼一灭，红的窑洞就随之悄然坍塌，如无声电影，天地就更黑更黑了。

世间职业千万种，山间的夜哪，像哪个？天说：它像个收藏家。地说：它专门收藏黑。是的，它是个专门收藏黑的收藏家。它的收藏太丰富了。它不但藏有龙山文化中的黑陶，当代的黑色幽默，黑白电视中的黑，以及黑沙发黑皮鞋的黑，还把上下五千年一切图书中的黑黑的字，包括小篆、古隶、繁体、简体，都收拢到这儿了。或者，它干脆是一帧无字无画的远年拓片，上面没有一星一点的白，黑得浓浓酽酽，玄奥莫测。

不,山间的夜就是山间的夜。夜的反面是白天,白天有太阳,山间的夜是被太阳熏黑的。所以山间的夜,就像人们都把自家的锅底,一齐翻转在这儿了。锅底是瓷实的,夜是瓷实的。不信么? 唐朝有个诗人贾岛,贾岛的诗中有个没写出年龄和容貌的和尚,他敲过。

不,不,山间的夜还应该是一个人——山间行人,山间行人走过去了,我们看见的是他的背影。他此刻在想什么? 是欢乐还是忧伤? 我们尽可以从容观察。不过这时候我们是不能喊他的,因为一喊他,他一回眸,就失去了宁静,一切就喧嚣起来了。那么,就让这背影照直朝前走吧。这背影晃动着,显出一种刚强而又勇敢的气韵,望着它,便不由使人想起"天行健"三个大字。

沐浴在这样的黑中,拘谨和做作全都烟消云散了,身心全都彻底放松了,随便怎么静处都可以,随便怎么思考都可以,精神领域真正做到了和谐,舒畅,真正是万类霜天竞自由了。而人们的最重要的隐私权也得到了温馨的呵护,所以新的生命便孕育,孕育,在芬芳如花的被窝中。

我奇怪,古今中外的文人,为什么没有认真写过一篇关于漆黑之夜的诗文? 为什么人们总把黑当成苦难和邪恶的代名词? 为什么至今没有创建一门黑的美学? 这,是不是人类文化中的一大缺憾?

正因如此,我更要向这世界郑重宣布:我爱这漆黑的山间之夜。我爱它的浩茫之黑。我爱它黑到家了。我爱它黑得刚强严正,如睡熟了的黑脸包公的鼾声。我爱它的云层中即使露出几颗星星,那星星的微光也绝不会将它污染。我爱它黑得那么纯,那么美。我爱它就像一只静卧的黑天鹅,一朵悄开的黑牡丹。我爱它虽然黑,却不像有些年月和那些年月的某些人的心。这里的黑是温存的,美好的,令人愉悦和令人生出无尽的希望的。我爱它的原野上奔跑的每匹马都是黑马,马蹄哒哒,将闯上明朝的赛场、股市和一切领域。我爱这黑。

第二单元

安塞腰鼓

CHAPTER

2

■ 安塞腰鼓

一群茂腾腾的后生。

他们的身后是一片高粱地。他们朴实得就像那片高粱。

咝溜溜的南风吹动了高粱叶子,也吹动了他们的衣衫。

他们的神情沉稳而安静。紧贴在他们身体一侧的腰鼓,呆呆地,似乎从来不曾响过。

但是:

看!——

一捶起来就发狠了,忘情了,没命了!百十个斜背响声的后生,如百十块被强震不断击起的石头,狂舞在你的面前。骤雨一样,是急促的鼓点;旋风一样,是飞扬的流苏;乱蛙一样,是蹦跳的脚步;火花一样,是闪烁的瞳仁;斗虎一样,是强健的风姿。黄土高原上。爆出一场多么壮阔、多么豪放、多么火烈的舞蹈哇——安塞腰鼓!

这腰鼓,使冰冷的空气立即变得燥热了,使恬静的阳光立即变得飞溅了,使困倦的世界立即变得亢奋了。

使人想起:落日照大旗,马鸣风萧萧!

使人想起:千里的雷声万里的闪!

使人想起:晦暗了又明晰、明晰了又晦暗、尔后最终永远明晰了的大彻大悟!

容不得束缚,容不得羁绊,容不得闭塞。是挣脱了、冲破了、撞开了的那么一股劲!

好一个安塞腰鼓!

百十个腰鼓发出的沉重响声,碰撞在四野长着酸枣树的山崖上,山崖蓦然变成牛皮鼓面了,只听见隆隆,隆隆,隆隆。

百十个腰鼓发出的沉重响声,碰撞在遗落了一切冗杂的观众的心上,观众的心也蓦然变成牛皮鼓面了,也是隆隆,隆隆,隆隆。

隆隆隆隆的豪壮的抒情,隆隆隆隆的严峻的思索,隆隆隆隆的犁尖翻起的杂着草根的土壤,隆隆隆隆的阵痛的发生和排解……

好一个安塞腰鼓!

后生们的胳膊,腿,全身,有力地搏击着,疾速地搏击着,大起大落地搏击着。它震撼着你,烧灼着你,威逼着你。它使你从来没有如此鲜明地感受到生命的存在、活跃和强盛。它使你惊异于那农民衣着包裹着的躯体,那消化着红豆角角老南瓜的躯体,居然可以释放出那么奇伟磅礴的能量!

黄土高原啊,你生养了这些元气淋漓的后生;也只有你,才能承受如此惊心动魄的搏击!

多水的江南是易碎的玻璃,在那儿,打不得这样的腰鼓。

除了黄土高原,哪里再有这么厚、这么厚的土层啊!

好一个黄土高原! 好一个安塞腰鼓!

每一个舞姿都充满了力量。每一个舞姿都呼呼作响。每一个舞姿都是光和影的匆匆变幻。每一个舞姿都使人颤栗在浓烈的艺术享受中,使人叹为观止。

好一个痛快了山河、蓬勃了想象力的安塞腰鼓!

愈捶愈烈！形体成了沉重而又纷飞的思绪！

愈捶愈烈！思绪中不存任何隐秘！

愈捶愈烈！痛苦和欢乐，生活和梦幻，摆脱和追求，都在这舞姿和鼓点中，交织！旋转！凝聚！奔突！辐射！翻飞！升华！人，成了茫茫一片；声，成了茫茫一片……

当它戛然而止的时候，世界出奇地寂静，以致使人感到对她十分陌生了。

简直像来到另一个星球。

耳畔是一声渺远的鸡啼。

桃花鼓声安塞

安塞在延安正北,离延安只有四十公里,可是过去由于交通不便,我家的亲戚朋友,去过安塞的屈指可数。只是听说,安塞有个真武洞,深得惊人,一说可以通到靖边,一说可以通到山西。每当三月天,安塞满山桃花的时候,靖边或山西也是桃花遍地,而从靖边或山西吹进洞里的桃花,直到六月才能从这边飘出来。这个浪漫的传说,使我很是着迷。我班上有个同学是安塞人,他告诉我,从延安西川流来的那条河,就是源自安塞。所以那时候,一个满怀好奇心的少年,常常望着滚滚而来的西川河水,充满遐想。

二十多年后的一天,我终于有机会乘车去安塞。安塞路不好走,因为西川河弯弯曲曲,常常挡在路上,大小石头在波浪中出没,这可忙坏了司机的双手,时而换高档时而换低挡,一个同行者喊道:"哎呀,快把人摇得散了黄了!"

一进入安塞地界,到处是五谷的气息:玉米的、谷子的、糜子的、小麻的、黄豆的、豌豆的,还有地椒的气息,羊的气息。地椒是这里和志丹、吴起一带独有的一种香味浓郁的野草,到处都是。羊吃了地椒,就像长肉时,已开始了烹饪,撒上了香料,那羊肉特别好吃。

安塞街道不长,宁静安谧,铺面好多都住着人家。这里只有一个供销社和一座国营食堂,要不是挂着一块县政府的牌子，人们也许想不到它是个县城。此时的我，已经工作多年，少年时代的浪漫情怀已所剩无几，看见真武洞洞口时，觉得它无非是个较大的山洞。

这是我对安塞最初的印象。

那个时期我在延安歌舞团从事创作。有一天在院子里，我看见一些农村后生给舞蹈演员示范打腰鼓，那动作如霹似雳，直击人心，顷刻把我镇住了。一问，那些后生全是安塞来的。他们打腰鼓的英姿，出神入化，震荡心魄，那是任何演员都学不来的。这，给我的印象太深了。我自愧以前虽然去过安塞，却不曾发现安塞还有这样一种灿烂的艺术。

我心旌摇曳，产生了创作冲动，想写一写安塞腰鼓。为此，我又专程去安塞看打腰鼓。安塞这时已修建起相当气派的大礼堂。当时任县文化局副局长的贺玉堂，是一个已经在好几部电影中唱过歌的著名民歌手，他在他的办公窑洞，为我放声高歌，那奇高的嗓音，让我叹服。他就近找了几个腰鼓手给我表演，我再一次被那腰鼓感染了，久久难以平静。然而，几次提笔，又搁下。从生活到艺术，有时不是那么简单，甚至可以说是举步维艰，那是因为我内心的认知和感情，还未到火候。

又过了好几年，中国迎来改革开放的大潮，人心大顺，万马驰鸣。我去关中西府千阳农村下乡，心里也鼓胀着空前炽烈的激情。结果，只用了两个小时，我就把《安塞腰鼓》写了出来，不久发表在《人民日报》上。

后来，这篇文章不断被选入各种散文选本，它好像又变成了一群鸟儿，扑棱着翅膀，落上了如大树小树一般的各种语文课本。此时我才意识到，它已成了我的代表作，我常常会想到安塞。

去年我回到延安,受邀又一次来到安塞。

汽车沿着宽阔的道路飞驰,一路上桥梁飞架,已没有奔腾的河水挡道,更无让汽车颠簸的石头。大路平如砥,车如响箭飞。路的两侧,有崛起不久的高楼大厦、石箍窑洞。天上的云,好白好白。偶然也看到了羊群,羊群比云还白。一个老人踽踽前行,折形的镢头朝后挂在肩上,镢把就像一股溪水,沿着他的躯体斜着向下流淌,自在如仙。

蓦然之间,看见了前面的腰鼓山,山上高竖着一个巨大的红色腰鼓,而山下就是安塞市区了。现在的安塞,已是延安的一个区,高楼鳞次栉比,一派现代城市气象。市中心矗着一座金色雕塑,造型是鼓手在捶击腰鼓,充满动感。他的双脚飞舞的场地,是一面大鼓的造型,鼓面平光,鼓身鲜红。安塞人,已经用腰鼓做了城市的招牌和名片。

而我的注意力,已经落在一些斜背腰鼓的小朋友身上了。那是红军小学的娃娃。他们学过我的《安塞腰鼓》,听说我来了,呼啦啦地跑到我的面前,要给我表演打腰鼓。他们的眼神,明亮而炽烈。他们那些好看的小脸蛋上,不知吸收过多少阳光,甜美亮丽。和他们在一起,感觉周围升腾着袅袅的地气。他们身上腰鼓的红、背带的红、流苏的红,以及情绪的红,包裹着我,我成了喜庆的心。

打起腰鼓的孩子们,腿脚欢蹦,精气神四射,鼓槌上的流苏飞舞。霎那间,我仿佛看见真武洞里飘出漫天的桃花瓣!人道是"杏花春雨江南",但这儿不属于江南,而是属于北国,是红装素裹的北国,是北国里的安塞,粗犷的安塞,强悍的安塞,谷子南瓜苹果飘香的安塞,"走头头骡子三盏盏灯"的安塞。在安塞,在夕照映红的安塞,在石鲁笔下似的火红高崖下,人们忘情地歌舞。歌舞安塞。桃花鼓声安塞。

杏花的气质是温婉秀丽清清浅浅,桃花的风度是激越轩昂风风火火。如果说杏花的魂灵是水,那么桃花的性情就是火,矢志不渝地燃烧。迎着高原的阳光,那些桃花瓣,从真武洞里飘出极多极多,简直是喷出来的。花瓣一片挨着一片,一片映着一片,上下翻飞;花瓣有如金的质地,铿锵劲舞;花瓣片片散发着香气,展示着这片土地的芳华。而那些孩子们,则是一片环宇的光芒,一群火的精灵。

安塞的丘陵沟壑里,梁峁塌湾中,奔腾着不少河流:延河、杏子河、西川河、小川河、小沟河、双阳河……现在发现,在它的地层下,有更多的石油河。整个安塞大地,是包着一团火的。世世代代的安塞人,也像这片土地一样,心底回荡奔突着滚烫的热血。

早在古代,安塞就有"上郡咽喉"之称,常有重兵把守,山山岭岭都回荡过战鼓助阵的声音。唐朝的"安史之乱"期间,伟大诗人杜甫,望着安塞的芦子关,写下了感时忧国的诗篇。在解放战争中的 1947 年,正当国民党军队不可一世时,西北野战军神出鬼没,三战三捷,曾在这儿临时休整,彭德怀将军,亲自召开了祝捷大会,为近代以来的壮阔历史,留下了那一帧英姿超绝的照片。当时安塞出过一支英勇善战的游击队——塞西支队,它的队长安塞人田启元更是威名远扬。在这片土地上孕育出的腰鼓艺术,哪能不高迈劲健、威震八方?有人说,面对安塞一眼望不到头的高山大峁,只要一声喊,随时都会出现九路烟尘、八百悍将、三千五百雷霆。

眼前是桃花鼓声安塞，是打腰鼓的安塞。这腰鼓的灵魂和气势，来自唐宋元明，来自长河落日，来自中华古老的优秀传统，也寄托着我们新的希冀。当地老人们说得好：娃娃们若成了优秀的腰鼓手，一辈子都会蓬勃向上，永不沉沦。

风雨起舞 ●

转九曲

踩着薄薄的积雪,我来到赵家沟了。

这儿离延安城八十多里。村子不大,却新箍了几十孔石窑,老远望去,齐整整、灰蓬蓬的。清一色的响门亮窗,贴了红艳艳的对联和窗花。生活的富足、春节的热火以及乡亲们心头的喜悦,像一坛美酒飘出香味,直扑我的肺腑。

村前学校的操场上,已经扫净积雪,有一伙穿着整洁的男社员,正在挖坑坑,栽高粱秆儿。不用问我就知道,他们是在为转九曲做准备工作。

我是专为观看转九曲而来的。

相传,九曲,又叫九曲黄河阵,是我国古代作战的一种阵法。后来,陕北民间欢度春节的时候,照此阵法布置华灯,让人们在九曲灯火中转悠徜徉,纵情欢乐,这就叫转九曲。我的衣胞虽然埋在延河畔上,我又喝延河水长大,可是总也没有机会领略它的丰采。——前些年世事乱哄哄的,谁有心思去闹腾?现在好了,延安地区粮食大增产,群众过上了顺心的日子,这欢度春节的古老习俗,又要在人们心中开花了:城里闹,乡间也闹。由于多年来舞文弄墨,我偏爱最浓的乡土气息,所以舍近求远,赶到这儿来了。

社员们和我攀谈了一阵之后,熟了,不避我,跟一个小伙子开起了玩笑。我这才注意到,那小伙子还留着大

鬓角呢。曾几何时,熏熏南窗风,竟也吹到这偏远的山沟。一个被人们称作杨大伯的老头逗着"大鬓角":

"嗨!说你是个男的,头发长了那么长;说你是个女的,又不扎辫辫!"

这话引起一片笑声。"大鬓角"笑着去扭扮怪相的胖后生的胳膊,胖后生绕着人群躲闪。我看"大鬓角"的一举一动,还是朴实可爱的。

队长三十多岁,长得虎势势的,也跟大伙一起笑。静下来后,他却严肃地对"大鬓角"说:

"快把你那头推了!我有言在先:不推头,不准参加转九曲!"

"大鬓角"不服气地扭了一下脖子,但是他的脸红了,挖着坑坑,低头不语。

我老早就看见,他们栽的高粱秆儿,和长在地里时正好相反,都是梢梢朝下,毛根朝上,那毛根并且都是剪齐了的。我问这是什么讲究,队长说:

"每根高粱秆上都要搁一盏灯呢。"

这我知道,高粱秆是作灯柱用的。

"毛根朝上,剪齐修平,灯盏才能搁住。"

我原来想得多笨,以为灯儿是用绳绳挂上去的。笨到家了。不来这儿看看,哪里会知道还有这些奥妙呢?

队长见我走累了,撇下正干的活儿,把我领进村子,安排在公窑里,让我先歇着。待了一个钟头后,听人说,上院窑里正做灯呢,我于是急切切走去。

老远就听见妇女们的说笑声。进窑一看,大姑娘小媳妇的,人人都在忙活:有的做灯盏,有的做灯筷,有的做灯罩。灯盏是用洋芋削的,削成方的、圆的、五角形的,再在上面挖个盛油坑,就算成了。灯筷呢,是用高粱秆顶端上的"蒹蒹",也就是结穗子的那细细长长的部分,一劈两半儿,剪成一寸长短,每两节用灯芯绑成一个"十"字,并让灯芯在"十"字的交点上竖起来,也就算成了;用的时候,灯筷是漂在灯油上的。灯罩很漂亮,是用红绿纸糊的。

我实在惊服妇女们的巧手,她们做出来的每一件几乎都是工艺品,都可以拿出去展览。我不由夸赞了几句。一个姑娘却开口了:

"老麻子开花转圈圈红,再不要能格滟滟笑话人!"

她顺口说出的,竟是十分生动的信天游。她的声调就像琴音。我不能不留意她了:穿件红袄,瓜子脸粉白粉白,眉里眼里都像藏着聪明。听口音,老家一定是绥、米一带的。我说:

"还敢笑话?学都学不来呢!"

"快别给人戴二尺五了!"她捋了一把头发,"一条川都没有比我更瓷的人了。要见巧媳妇,在隔壁窑里呢!"

人们说,这女子名叫叶叶。

正说着,窗棂上嘭的一声,像是小石子儿打上的声音。妇女们全笑了,只有叶叶低下头来。一个削灯盏的媳妇笑说:

"叶叶,快去吧,人家等急了!"

"叫他等吧!急死他!"叶叶说。她的脸涨得红红的。

什么人喊她,我已猜出几分,但刚来,还不便开玩笑,就去看巧媳妇了。

坐在隔壁窑里妇女群中的,真是一个使人为之倾倒的"巧媳妇",虽然她已抱上孙子、脸上爬满皱纹了。她正为大灯笼赶做剪纸。我简直目瞪口呆了。她不画任何图样,一剪子下去就剪出一支秧歌队:足有四五十个秧歌队员,面容迥异,栩栩如生,舞步儿好像还带着风声呢。剪它用的时间,大约只有二十分钟。妇女们介绍说,当年,她年轻的时候,给毛主席表演过剪窗花呢。

九曲究竟是怎么转的,我还没有看到。我看到的只是为转九曲做的准备工作,但我心头,已注满了兴奋。

晚饭之后,飘雪了。小小的、薄薄的雪花。晚饭的油糕香、饸饸香、米酒香,和雪花的韵味融在一起,在山村蔓延。一整天没有停息的说笑声,也融在里面,更加响亮起来。接着,锣鼓响了,唢呐响了,蹲在各家碥畔上的白狗或黑狗,也争争抢抢地叫开了。男男女女,老老少少,秧歌队员,流水般向学校操场涌去——转九曲的时刻到了!

我夹在人流中,跟着队长大步行走。雪花落在我的脸上,凉凉的,痒痒的。谁家的孩子直往前蹿,差点儿把我绊倒;队长赶忙扶住我,一边骂那孩子,一边叮嘱我要小心点,走慢点。其实呢,他却越走越快,后来索性拉着我跑起来了。我心里清楚,多年来这村子头一回转九曲,怕搞乱了,队长急着前去照料。跑就跑吧,我从小爬惯家乡这山山洼洼,没有那么娇嫩。我也愿意跑,先睹为快呵!

九曲灯火闪耀在我们眼前了。搭眼看去,繁星点点,光华四射,照亮了山沟,照亮了漫天飞舞的雪花。我一时觉得,好像在哪儿见过这样的情景。哦,想起来了,我见过。去年国庆后的第二天,我乘飞机从首都飞回西安,遥望古城灯火,不就和这很相像么?只是,那规模要大得多,今晚仅算它的缩影;然而眼下这灯火,竖成列,横成行,再加上这带着光晕的千万片雪花,造成一片漾漾烁烁、迷迷离离的景致,比那回所看到的,更引人入醉。

我看见,十个大灯笼,高悬在操场的四周。"巧媳妇"

剪下的秧歌队剪纸，就贴在这些灯笼上。突然间，是灯笼上的秧歌队跳下来了么？为什么遍地彩绸飘飞，舞姿翩翩？

锣鼓唢呐声中，秧歌队以"伞头"为前导，首先穿游进灯火之中，"伞头"手中的花伞，应和着锣鼓点，一起一伏，团团旋转，宛若漂浮在九曲黄河的漩涡上；秧歌队员手中的彩绸，不断地舞起来，像给九曲黄河的上空，抹上片片云霞。花伞旋转时，亮晶晶的雪花也旋转；彩绸飞起时，亮晶晶的雪花也飞起。这花伞，这彩绸，还有这片片雪花、张张笑脸，都被灯火照耀着，都在九曲波涛中旋转狂欢。

秧歌队优美、奔放的舞姿，使我看得眼花缭乱，惊羡不已。我在专业剧团工作过好多年，我熟悉不少演员，他们之中一些人很有点儿艺术造诣，但要表演出这么一股子激情来，几乎没一个能够办到。"巧媳妇"剪下的秧歌队也要自愧弗如。我想，眼前这支欢舞在九曲灯火中的秧歌队，也可以说是剪下的，但它是用传统和现实的巨剪所剪，贴在我们美好生活的硕大无比的灯笼上。

我跟着群众的队伍，也穿游进去。好像世界上的一切光亮，一下子全聚在这里了。灯是亮的，眼睛是亮的，笑脸是亮的，身影是亮的，连刮的风也是亮的。一片片飘飞的雪花，携着光圈，就像一盏盏飘飞的小灯。我看见，我们这亮亮的行列中，有亮亮的老头，有亮亮的老婆，还有被亮亮的妈妈牵着手的亮亮的孩子。全村所有的人——上自八十九，下至刚会走，大概全来了。一个个亮亮的，喜眉笑眼，脚步儿轻轻，踩着鼓点，踩着雪花，踩着光亮欢乐地游转。

我的心头，也亮起来了，升起一道联想的彩虹。我想这一盏盏华灯,多像一朵朵盛开的山花,人们多像蝴蝶飞来绕去,扇动着亮亮的翅膀;我想这一盏盏华灯,多像一穗穗成熟的高粱,人们多像拿着镰刀,多像拿着磨了又磨、闪光发亮的镰刀,正在唱出嚓嚓嚓的亮亮的歌声;我还想,这华灯整整齐齐,一行一行,多像一曲美丽乐章的五线谱,多像一根根颤动的琴弦,人们多像飘飞荡漾的亮亮的音符……

一阵哄笑声响起,只见人们一齐向我的身后望去。我忙转过脸,原来是紧挨我的杨大伯,也居然扭起了秧歌。他身上抖下片片光亮,片片雪花。看样子,他曾经定是扭秧歌的好手,胳膊腿儿都透着美感,只是现在为了招人乐,故意把动作搞得非常夸张。待他尽兴之后,我问:

"大伯,你多大年纪了?"

"十六了!"他笑答。眉毛上抖下一缕光亮,几粒雪花。

"六十了。"队长解释道,"他小的时候,周恩来同志还给他教过字呢。"

"你真幸福呀!"锣鼓声中,我望着杨大伯,提高了声音。我觉得,我的眼里飘进一缕光亮,嘴里飘进几粒雪花。

"当年幸福,如今也算幸福,中间几年嘛,"大伯说着唉了一声,"'幸福'到黑窟窿里了,捞了条讨饭棍!"待了会他又说:"不说那些了。我只想叫你知道,光去年,我就打了八千斤粮食!"

杨大伯按捺不住满心的喜悦。他希望我转告那些在延安工作过的老同志,延安又红盛了,又和大生产时一样了,人人有吃有穿,喜格眯眯,希望他们有机会都能回来看看。灰暗的色彩,只是在人们心中一闪,逝去了。眼前的一切,如此敞亮。

但我忽然想起"大鬓角"了,左瞅右瞅不见他,我心中多少有些惆怅。我不由捅捅走在我前头的队长,说他不该下了那么严厉的命令,把那青年隔在欢乐的人群之外。队长挥手指指我们的左方:

"那不是?他来了!"

我目光瞟过几行灯去,仔细一看,是他,不过他已推了头,留着和别的后生一样的发式。他前头的姑娘是谁呢?和他那么亲热,转过身嫣然一笑,向他塞了一把什么东西,他大口大口吃了起来。连雪花,连灯光,一起吞下去了,喜滋滋的。我终于认出,那姑娘是叶叶。队长说:

"一对情人。不让留大鬓角,其实是叶叶的意思。女子厉害着呢,说要继续留着,没二话,就吹!我能不成全他们?"

队长的声音,也似乎含着光,发着亮。九曲灯火照耀之下,一切是这么和谐,这么充实,这么富于魅力。我感到,我和这些淳朴憨厚的庄户人,正在闪光的诗行中流连。

雪大了,纷纷扬扬。雪花上的光晕也大了,一圈一圈。人们的头上、眉上、肩上,全落上一层雪,又重上一层光,如玉雕一般。雪大情也涨,谁愿离去?人们在光和雪中,更加欢乐地旋转狂欢。

过一盏灯,又一盏灯。每盏灯象征一天,一共是三百六十五个灯,象征整整一年。我祝福人们:我们的每一天都是明亮的!

过一盏灯,又一盏灯。九曲灯火,好像我们前进的道路。我们的来路是曲折的,去路也是曲折的。但在曲折的路上,在有艰难和痛苦的地方,也像今晚一样,虽然落着雪,总有光辉照耀我们。我们永不气馁。即使有时候落下几滴悲伤的泪水,这泪水也饱含着希望之光!

过一盏灯,又一盏灯。我浮想联翩,思绪翻飞,转出了九曲灯火。

我多么依恋呵!回头望着,我真想返回去,撕几片光亮,像带着一首诗,像初恋时带着情人赠送的手绢,常常带在身旁。我想这片片光亮,今夜闪在家家窑洞里,一定会给全村老小,编织一个透明的、甜甜的梦吧。

风雨起舞

老虎鞋

望不尽似水流年,现在,我已经四十多岁了。

但是,我的如同树皮一样粗糙的额头里边,常常闪现着我的一双花蕾般的小脚片子,和那小脚片子上穿的一双老虎鞋。

一切,都是母亲讲给我的。

那是 1937 年春天,像故乡延安的天空掉下一滴普通的雨星,像那山山洼洼冒出一棵寻常的草芽,鸡不叫,狗不咬,我,降生了。我的曾祖父是个泥水匠,祖父是个钉鞋匠,二叔为别人磨面;父亲在当时倒算是有点光亮的人物,当个小学校长,很早就暗地参加了革命,也不过是一个普通的穷书生、普通的党的支部书记而已。我,就是降生在这样一个家庭里面。我躺在铺着破沙毡的炕上,像一颗刚从泥土里刨出来的洋芋蛋蛋。

转眼满了三十天。家虽穷,按照当时的风俗,"满月"却是要过的。爸爸的工作忙,但在爷爷的催促下,还是请了一天假。在师范上学的三叔也回来了。年仅二十岁的妈妈满怀喜悦,把我抱在怀里,拍着我的光屁股,一阵儿喂奶,一阵儿换尿布。亲不够,疼不够,爱不够。她特意用红纸为我扎了个大红火蛋儿,踮起脚跟,高挂在我仰面望着的上方。这是我眼中的第一颗太阳,妈妈捧给我的太阳。

一家人欢天喜地,锅瓢碰得叮当响,又炖羊肉又炸

71

糕。从我家烟囱冒出去的淡蓝色的青烟,也带着缕缕香气。阵阵笑声浸泡在明丽的阳光里边。外婆、外公,亲戚,四邻,该请的都请了,该来的都来了。他们给我送来不少礼物:小锁锁,小镯镯,槟榔锤锤,花帽帽……他们争着把我从妈妈的奶头上抉过去,搂在怀里,举在面前,啧着舌儿,说着话儿,逗我玩。

虽然在此刻,在我家的这个小天地里,我简直成了一颗小星星;但是放在延安城,放在整个陕北高原,我倒算个什么!我家虽然热闹,算起来,并没有多少人晓得。

然而,就在这一刻,一位妇女,一位一年多前刚刚给毛主席做过鞋的妇女,风尘仆仆,走进门来,又把她亲手做下的一双老虎鞋,给我穿在小脚片儿上。她还送给我一身红花绿叶的小衣衫。

她是谁呢?

你想想那首有名的"东也山,西也山"的陕北民歌吧!你想想那个被无数老革命都尊称为大嫂的人吧!

她,不是别人,而是刘志丹同志的夫人——同桂荣同志。我父亲曾在永宁山、在志丹伯伯手下工作过,和志丹伯伯、和她,有着亲密的友谊。我家的热炕头上,曾经多次回荡过志丹伯伯的笑语。我过满月的当儿,志丹伯伯牺牲不久,同妈妈忍着巨大的悲痛,伴着窗前黯淡的麻油灯,一针针,一线线,为我赶做了满月礼物。她本来有眼病,此刻,一双眼睛熬得布满了血丝,红红的。她抱起我,亲我的小脸蛋,任我把尿水撒在她的衣襟上,给我穿上老虎鞋。这金线银线绣成的老虎鞋,这照亮我幼小生命的老虎鞋!

老虎鞋是一派保安民间风格,像窗花一样的风格,朴实、粗犷、传神。大红为主,配以金黄,间杂黑、白、紫,色彩热烈鲜明。鞋上带着同妈妈的手温,带着革命母亲对下一代的希冀。

这老虎鞋穿在我的脚上,一屋婆姨女子全都围拢过来,这个摸摸,那个看看,全都惊羡不已。连正炸糕的姑父也挤进了人群。奶奶急了,忙喊:"看你那油爪子!"姑父知道奶奶的脾性,不敢执拗,端来瓦盆忙洗手,洗了一遍又一遍,这样,才争得了摸一摸的权利。他的憨厚神态,逗得大伙儿都笑了。我的穷家破舍,因为这双老虎鞋,平添了无限喜气。

这老虎鞋穿在我的脚上,一身乳气的我,似乎也感到了,看见了,懂得了,滴溜溜地转着笑亮的小眼珠,咿咿呀呀地说着什么,扑扑腾腾地蹬趵着胖腿小胳膊,向妈妈,向爸爸,向普天下,宣告着我的骄傲和幸福。因为这双老虎鞋,我一辈子都感到很满足了。

这老虎鞋穿在我的脚上,虎耳高竖,虎须颤动,虎牙闪光,挟带着永宁山的雄风,播扬着永宁山的正气,仿佛只要长啸一声,就能掀起人们的衣襟。我这块只会哭叫的嫩肉疙瘩儿,仿佛立时长大了,威武了;我的一双嫩得像小萝卜一般的小脚片儿,仿佛立时变得能踢能咬了。

这双鞋,饱含着多少深情,给了我多么厚重的祝福啊!

这一刻,我想,不管人们留意没有,延河一定是在歌唱,百鸟一定是在欢舞;历史,应该记下这一笔。自然,这绝不是因为我,而是因为一位不平凡的妇女,因为同妈妈。

我自愧没出息,这辈子没有为人民做出多少贡献,无颜去拜见同妈妈。但我对志丹伯伯和同妈妈的心意,却是深挚的。我曾经以自己笨拙的笔,一而再,再而三地写了几首歌颂志丹伯伯的诗,就是为了表达这种心意。

　　我今天把这件事情写出来,还有一点想法,是为了自勉。我应该时时记起,我的一双脚,是穿过同妈妈亲手做下的老虎鞋的。那是我此生穿的第一双鞋,山高水长的老虎鞋。我应该在开创四化建设新局面的斗争中,刷新自己的精神,增添一些勇于革新、勇于进取的虎虎生气。

在古老的土地上

仿佛是十分渺茫、十分渺茫的事情了。

仿佛隔着千重山，万重水。

那时候，母亲穿着毛蓝布衣衫的身影，就是我的蓝天；母亲温存亲切的面容，就是我的太阳。

我环顾世界：如果没有母亲，到处便是白茫茫一片。

我紧紧地趴在母亲怀里，就像吊在地畔上的一颗瓜蛋蛋，就像贴伏在秸秆上的一穗玉米棒儿。

母亲的怀抱就像黄土坡洼一样，我每天都要成十次、成百次地爬上溜下。

我不能没有母亲，就像万物不能没有赖以活命的土地。

每天晚上，我闭住眼睛的时候，梦见的是母亲；早晨，我一睁开眼睛，先看母亲在不在。母亲操劳不息，有时候她实在太疲倦了，想躺在炕上睡一睡，可是，一看见她闭住眼睛，我就急了，我就推她，摇她，非把她唤醒不可。哦，我是可以闭住眼睛的，母亲却不能。绝对不能！我以为，闭住眼睛，母亲就会死，就会离我而去。因了这个，那时候，我害得母亲白天从来不能挨一挨枕头。

母亲对我的爱，更是充满了她的整个一颗心；如果把母亲的心儿碰一碰，滴在我身上的，全是爱，全是爱。全是。母亲的双手，一刻也不能感触不到我的体温。她出门去的时候，总是抱着我。抱着我，上山，下洼，过街，走

75

巷,去河畔洗衣裳,去店铺买油盐。累了,换一把手;再累了,站一站,停一停。哪怕累得气喘吁吁,哪怕累得胳膊酸疼,她也从不忍心把我一个人锁在家里。她从不。亲骨亲血亲格丹丹的肉,母亲啊,撇不开,离不开,分不开。

暮色浓,蝙蝠乱飞。远山的狼,狐子,偷人的贼,抑或还有什么精灵,还有一切与黑暗为伍的东西,都在蠢蠢欲动。母亲抱着我,向家里走着。我怕,两只手颤抖抖的,拽住母亲。母亲说:"乖乖,别怕,有妈妈哩。"然后,她轻声而有力地呼唤起来:"乖乖回回,乖乖回回……"

我幼小的生命之舟,承受着庄严的、无敌的护航。

如果没有母亲,连风儿的翅膀都会把我划伤。

凭着母亲,我充满了安全感。

有一天,在乡政府院子。缴军鞋的大股妇女,离开记账桌子,有说有笑地走了。院子陡然清静下来。杨柳依依,春光多么迷人。太阳洒下柔和的光。拦羊娃嗓子里萌动的信天游,从高高的山梁打旋而来,带着山桃花的清香。就在这诗一样的境界里,母亲做下的军鞋,受到了乡长和乡文书的齐声赞扬。母亲只笑笑,然后抱起我,把那宝塔、延河、山花、春鸟,把那古老土地上的一切美好景致,一一指给我看。母亲的声音是愉悦的,我的眼睛是忙碌的。过来一个小脚儿婶婶,母亲和她亲亲热热,说个不够。末了,婶婶问母亲:"你今年多大啦?""过年就二十四啦。"母亲柔声回答。可是,当婶婶望见母亲脚上的白鞋的时候,却沉默了,只是叹息着,怜悯地抚摸我的头发。

我看见,母亲立即低下头来,眼泪也几乎要掉下来了。

我稚嫩的心上,第一次有雷声滚过。

我的心裂开了道道口子。

终有一天,从乡邻们的片言只语中,我搞清了我和母亲并不是从来就孤苦伶仃,而是还有过一个亲人,那是父亲。还有人说,父亲是个国民党校长,是个坏人,他在被监禁时死去了。我的心头猛一紧缩,蒙上了浓重的阴影。父亲留给我们可怜母子的,竟是一身耻辱!

终有一天,母亲领着我,踏进一户陌生人家。论起来,继父的心肠还是很不错的。可是,这一大家子人,总有一些见我不怎么眼明的。继父常受他们的挑唆。他们有时也直接出面。为了我,母亲不惜一切,她因之受尽了气,吃尽了苦头,洒尽了伤心的眼泪。

有时家里有了点吃喝,量不多,老老小小每人半碗;母亲见我爱吃,便悄悄地把分给她的倒给我,她自己却扒拉空碗。

如果没有母亲,我便像一棵无根沙蓬,随时会被大风吹得无影无踪。

母亲在,我的生命之根便在。

在这个家里,也有从不歧视我的人,那是继伯父。他是个光棍,拉着一男一女两个孩子。他抽着大烟。他的经常闪动的昏黄的大烟灯,像他那颗心一样,使我感到许多温暖。他抽大烟的时候,总是怕外人看见,却从来不避我们孩子,允许我们在他身边玩耍。我们耍得无拘无束,尽兴尽致。在这儿,我绝无寄人篱下的感觉。后来,继伯父戒了大烟,参军去了,我因此感到有几分悲哀。

母亲非常同情继伯父撇在家里的两个孩子。因为他们近乎孤儿。大概也因为继伯父待我不错,以心换心吧,母亲经常给他们缝缝补补。这两个孩子中,老大是个女子,她不像一般女孩子那样,文文静静,腼腼腆腆,而是有一股难得的野劲,疯劲,以至自作主张在一个部队剧团报了名,当了演员。她的暴戾的爷爷知道后,把她从剧团拖了回来,打了个半死,并且用绳子捆了手脚,关在烂窑里面。母亲送吃的给她,她说:"只要捆不了一辈子,我还要穿军衣,还要当公家人!"母亲被她深深感动,偷偷解开绳子,把她放走了。她从此走上了革命道路。而母亲,却遭到她家人的一顿打骂。他们认为母亲对这个家怀有二心,处处与母亲为难。

就是在如此艰难的环境里,母亲开始以她的希冀和憧憬塑造我,教我认字。母亲出身书香门第,她小时又念过几天书,而我逝去的父亲又是个知识分子,母亲这样做,是势所必然的事情。她一心要把我拉扯成个文化人。在这一点上,她执拗极了,绝不允许我违背她的意志。她总共打过我三回,都是因为我不好好认字。她喜欢在点上灯的时候,一边做针线,一边看我用心学习。我的亲三叔那时已在市政府工作多年,算个有资历的革命干部了,母亲终于让他把我送进了乐园般的保育小学……

这一切,仿佛是十分渺茫、十分渺茫的事情了。

这一切,仿佛隔着千重山,万重水。

待我当了几年大学助教、与妻子一道回乡工作的时候,母亲眼神呆滞,过着凄凄惨惨的日子。继父撇下母亲和四个弟妹,已去世多年,全家生活无靠。因为继父的祖上1936年之前曾经有房有地,母亲的家庭成分被补划为剥削阶级。尽管那时因我申请入党,组织已对父亲的问题进行过多次调查,曾一度认为与事实大有出入,但母亲也还是受到父亲的株连。母亲是双料的,黑上加黑,罪孽深重。弟妹们哪个也不能再去上学,哪个也休想找到工作。我每回去看母亲,母亲总是不说什么,但我知道她的忧思。她的止不住的咳嗽声,分明说明了一切。

一个愁戚戚的冬日,母亲病倒了。我扶着母亲去看病。风,掠过大字报,发出啪啦啦的声响。电线杆上的大喇叭高唱着"形势大好"。还没有走到医院门口,我们被居委会的一名阶级斗争的女勇士拦住了。她声色俱厉,驱赶着母亲立即去修梯田。我欲和她讲理,可是母亲拦住我说:"我去。"说完,母亲向我递了个眼色,挣扎着跟女勇士去了。我看见,母亲趔趔趄趄的,连脚步也踏不稳。

我的心在流血。世界发了疯,欺凌一个弱者,欺凌母亲;而我,愧对母亲养育之恩,不敢伸出手去,给母亲以些许保护!

那时候,外祖父的家庭成分也不好。外祖父和母亲都还算幸运,只是个家庭成份而已;被戴上帽子的"罪人"比比皆是。曾经是革命大本营的我的故乡,我的故乡的父老兄弟,都黑了。仿佛革命不是靠这些人支撑过来的。仿佛这些人没有做过军鞋,没有缴过公粮,没有在革命最困难的时候,把自己几乎是全部的血汗钱义无反顾地双手捧给党和人民。

母亲怕连累我,不到迫不得已的时候,从不到我所工作的机关来。七八年漫长的时间里,她只来过一次。那是因为我在下乡归来途中,拖拉机翻了,我被砸伤了。母亲一手牵着我的一个孩子,急得眼泪花花的。知道我伤势并不严重,她才离开机关。临走时她说,端阳节快到了,她准备包点粽子,叫我过节时一定回去。可是过端阳的那天,母亲终因百事重压,神志错乱了。她平时性格内向,多一句话不说,这时却双手抓住我,像瀑布一样倾泻她对我的感情。孩子虽多,我却是她的一切。她总怕我在险恶的世态中,会出个三长两短。听着母亲动骨挖髓的吐诉,我哭了。

世界上最纯洁、最炽烈的,莫过于母爱。

随着多年不见的灿烂朝霞的升起,该平反的平反,该昭雪的昭雪,母亲的家庭成分得到纠正,外祖父的家庭成份也得到纠正。那名驱赶着母亲去修梯田的女勇士,臭得没人理了。一天,她家急用药锅,借了一圈谁也不肯借给她,她只好讪讪地来到母亲院中。年轻气盛的二弟见了她立即板了脸,很不客气,可是被母亲看见了,母亲毫不犹豫地捧出了药锅。

　　生活大河的清朗,现出了几十年前的沉积物。极"左"的根子深了。父亲原来并不是什么国民党,而是地地道道的共产党。父亲是故乡最早一批党员中的一个,当过地下组织的支部书记,为革命做出过很大的贡献。父亲的受审查,父亲的死,完完全全是一桩冤案。对于这些,母亲听了并不诧异,因为她心里原本就是有数的。有人劝母亲:"写个材料交上去吧! 你受了一辈子屈,也该给你落实政策啦!"而母亲,只是淡淡的一句话:"给公家寻那些麻烦做啥哩。"顺了母亲的主意,至今,父亲的问题仍然没有得到正式昭雪。

　　心中装满了太多苦水的母亲,今天,笑得比谁都畅快。

　　最近,我把母亲接到省城,我们阖家团聚了一次。厮磨于母亲膝下的,有的像犍牛,有的像羊羔,有的像花翅膀喜鹊,大大小小,男男女女,总共十八个人。我们茂腾腾、欢溜溜的一群,除了做媳妇的,都是从母亲身上掉下来的骨肉。望着母亲欣慰的笑容,我的心头却掠过一丝伤感。从母亲到我们,从一身到十八人,谈何容易! 母亲一辈子默默地哭着,默默地爱着,默默地操劳着,现在,她的背已经被命运的巨石压驼了。在我们这块古老的土地上,一个真正美好的年月的诞生,需要经过多么剧烈、多么漫长的阵痛啊!

然而,也正是我们这块古老的土地,赋给母亲以崇高的品德,赋给亿万人民以崇高的品德。这崇高的品德凝聚起来,便是像闪电一样光辉的我们的民族精神,它使受伤的党和国家得以康复,它使社会主义事业能够永远的充满着希望。

　　愿母亲健康,长寿。

山 峁

　　咔嚓嚓一声巨响，随着神斧的倏忽敛去，开天辟地扬起的亿万吨沙尘，被云推着，被风卷着，被历史堆积着，终于，在苍茫的东方地平线上，赫赫然崛起一片大气磅礴的黄土高原。望天，那么高，那么蓝；望地，那么厚重，那么道劲；望杨柳，那么壮实，那么挺拔。

　　这茫茫大块上，这雄豪杨柳边，一日，走来一支人数不多的队伍。他们与壮阔的背景相比，微乎其微，犹如一行蠕动的蚂蚁。

　　他们要去一个预定的地点，可是迷路了。而身后，百倍千倍于他们的敌军，正紧紧追来。

　　大伙儿焦灼万分。

　　那边山梁上，一个头扎羊肚子手巾的后生，急匆匆走过。兵荒马乱的，昨夜，他家准备箍窑的钱财被盗了，有人看见小偷现在还藏在山那边的一个庄子，他要赶去捉拿。凭着他的机智和勇猛，十拿九稳，小偷跑不了，石窑还可箍起来。

　　但那支队伍在拢着手向他大声呼唤。

　　山听见了，水听见了，他听见了。当他听清是自己的队伍有急事的时候，便踅转身子跑下来了。

　　这后生，精血蓬勃，一身英气。看见他臂膀上隆起的肌肉疙瘩，就让人感到这高原的坚不可摧；看见他眼中的憨厚而强悍的波光，就让人想起安塞腰鼓何以会挥发出那么奇伟的能量。他毅然放弃了抓住小偷的机会,他毅然慷慨带路,使这支队伍终于转危为安,胜利地到达了目的地。

队伍中的首长,一位个头很高、操着南方口音的人,为了表达真心实意的感激之情,想送给后生一点什么纪念品。可是遍摸周身,别无长物,只摸出一支土产的纸烟,遂以此馈赠。

后生舍不得抽这支烟。当他后来弄清馈赠者是谁的时候,更舍不得抽了。

虽然为了弥补被劫的损失,为了箍起两眼石窑,他土里刨,山上砍,连续苦干了几年,甚至年纪轻轻的就把背都累驼了,但他觉得:值。他觉得他也算为东方世界的天翻地覆,尽到了一点微薄的力量。

好多好多年之后,笔者得知这一动人的故事,翻山越岭,前去造访当年的后生。

不幸得很,他已过早地溘然长逝。他的乡邻中有人叹息着说:他本来可以去北京兜一圈的(只要他把那支烟往手里一举,说当年危难时曾给毛泽东带路并使其脱险,他中南海的门卫敢挡?)毛泽东见了一定会把他当上宾待的,可惜他太实受了,没去。他命里没那福分。

人们说,他一直想箍两眼石窑,可是到了老也没箍起来。

人们说,儿孙们把他扶上山之后,烧香纸的时候,把那支烟也一齐向他烧了。这是他生前叮嘱过的。

由当时的生产队长陪同,我攀上一架很高的山,默默地拜谒了他的坟墓。坟墓上荒草萋萋。忽然间,我听见远远的山底下,传来了激越的安塞腰鼓的响声。这使我神思飞荡。我想,他是在一场又一场隆隆作响的造山运动中,变成一丘傲然而又朴拙的山峁了。陕北有许多许多这样的山峁。千万丘这样的山峁构成的黄土高原,更加大气磅礴。

西寨村的鸟儿

终南山下有一个绿树成荫的村庄，叫做西寨村。外地人到了那儿，不论谁，都会先欢呼一声："啊哟！这么多的鸟儿！"但是村里人却说："要是和当年比，少得多啦！"

当年的西寨村，简直是鸟儿的天下。

当年，每当黎明时分，是鸟儿的鸣啭声，轻轻掀开人们的眼帘；傍晚，是鸟儿扇动的翅膀，殷殷地陪伴着人们回家的脚步；劳动的时候，旋于头顶、唱在耳畔、教人舒心教人像瀑布般畅笑的，也是鸟儿。

鸟儿，给庄稼人增添了无限的乐趣。

许多常见的鸟儿，如麻雀，如燕子，如啄木鸟，甚至如黄鹂和灰喜鹊，都不必说了；单是特点鲜明的，珍奇的，就看得人眼花缭乱。有一种叫作雁抓啦的，羽毛灰中透黑。闪着缎子一样的光泽，红的喙，红的腿，鸣声是滚动的音儿，像滚出一串脆响的珠子。它护雏儿是最有名的。你想抓它的雏儿，四面看看它不在，乘机爬上树去，但还不待把手伸进窝里，它必定就狂叫着出现了。它用翅膀扑啦啦地扇你，打你；别看不大的鸟儿，扇得你慌了手脚，打得你耳鼻生疼，使你只得狼狈而逃。再有一种叫白脖子的，身子雪白，长长的尾巴也雪白，只在脑门和翅膀上缀几点很好看的黑。看见它，恍若看见仙女把手帕扔落在人间了——好漂亮的手帕！它飞时，也带着仙韵儿，双翅忽而张开，忽而并拢，作箭似的直蹿。它是极精灵的，去谷地觅食的时候,总是让麻雀在谷穗上跳躜,它藏在下面,吃抖落下来的现成。发现有人走来,麻雀便惊恐万状地四散乱飞,有时还会被愤怒的孩子打伤,它却不慌,只镇定自若地从暗地走远,然后悠然飘上天空。还有一种叫不上名字的,拳头般大小,紫红的颜色,雄的和雌的叫着不同的声音,一个"嘟噜噜噜——咕咕!"一个"叽啦啦啦——呷呷!"雄和雌,有时离得很近,有时离得很远,但即使一个在村里,一个在老远老远的山上,这边叫一声,那边定然有了回应。那意境真好。特别是薄雾笼罩大地的时候,它们悠远而真切的一唱一和,简直叫人魂消魄融了。

孩子们的梦里都是鸟翅、鸟声、鸟影。要是恋这梦,苦恋,蜷在被窝不想起来,娘就说:"你听听! 铁桤柳打屁股了!"一听,果然"咕儿——蝙""咕儿——蝙"地直响,下意识摸摸屁股,却不疼,但也以为是打着了。"哦,亲爱的鸟儿,铁桤柳儿,我就起来啦!"于是赶紧穿衣裳,吃饭,然后拿了斧子麻绳去砍柴。返回时,夕阳照着山崖。众多雏儿迎接众多鸟儿回窠的绚丽情景,撩拨得颗颗童心不能平静,就从背上摔下柴禾,坐在草坡上,边啃干馍边观赏。只见雏儿一个个急不可耐地伸长脖颈,老鸟儿一个个归心似箭地打老远飞回,一见面,老的和小的,都激动得每根羽毛都在悸颤。自然联想了许多,也联想到古人说过的话来:"一日不见,如三秋兮。"不假。这情景,像火焰一样燃烧在孩子们的心中,一直到娶了媳妇,一直到白发苍苍,心中也闪着光亮。

没有比庄稼人更爱鸟的了。割麦子的时候,总要给鸟儿留下几穗;卸柿子的时候,总要给鸟儿留下几颗;扫场也不扫得太净,也是留给鸟儿的。要是看见鸟儿不幸死在地上,老年人会赶紧挖个坑儿,像葬人一样葬了,祈愿它转个来世。人们在肚兜儿上,花鞋上,香包上,都绣了鸟儿。盖新房,在房脊上塑喜鹊,在山墙上给燕子砌进出的"马眼"——用新瓦对成的花花儿的孔洞。如果谁家不住燕子,便认为时运不佳或人气欠正,自己沮丧,邻人们也要为之叹息不已了。

但世事不宁,祸及鸟儿。西寨村忽然盖起了大食堂,点燃了炼钢炉,接着学大寨,平祖坟,村里的树木,周围的树木,几乎全被砍光了,毁了鸟儿借以栖息的乐园。这还不够,还把不少鸟儿和苍蝇、蚊子、老鼠列在一起,赶鸟、打鸟。不打不赶是万万不行的,连善良的老太太也不得不挥动着围裙。

从此,与庄稼人祖祖辈辈繁衍生息在一起的鸟儿,几乎在西寨村完全消失了。尽管满膀子肌肉疙瘩的大男人哭笑不得地唱着,唱着他也是一朵向阳花("社员都是向阳花"嘛),西寨村还是没了生气,没了灵光,苍白得就像一摊石头。

但世界是耐不住寂寞的,填补鸟儿的空白,生了一层蠕蠕的活跃的东西,那是庄稼地里的害虫。棉铃虫、丈地虫、蝼蛄……应有尽有,肆虐成灾,粮食大幅度减产。于是,有人提议:请鸟儿去!

领头的,是德高望重、子孙满堂的老人。人们大群大股地涌出村子。到了终南山上,见了久违而亲切的鸟群,人们虔诚地烧香,虔诚地磕头,末了,又当场焚烧了纸糊的妖鸟。庄稼人是实诚驯顺的,他们不敢把罪孽归到人间,而是到虚幻世界中去寻找。在虚幻世界里,加害人者鬼,加害鸟者,相应地就是这个妖物了。这妖物也像鬼一样,模样怪异,面目狰狞。人们看着它化作纸灰飘荡而去之后,面对众鸟儿,说着许多祈祷的言辞。之后,又沿着来路,把麦粒、玉米粒、腊八粥一直撒回去,还在村里残存的树上,涂上几圈腊八粥。庄稼人相信:在精诚之心的感召下,他们日思夜想的鸟儿,一定会飞进村里来的!

然而,飞进村里的,竟是片片枯叶!

人们绝望了,仿佛鸟儿自古就没在这村里落脚一样,想都不再想了。人们各自忙碌着各自的日子,虽然那日子是凄清的。

但是有一天,外地人进了村子,竟欢呼起来。听了那欢呼声,不由抬头看时,真是呢,不知不觉中,满村又绿树成荫了,数不清的鸟儿又到处欢鸣了。人类社会的明星,使万物得以起死回生。遍地是生机蓬勃的景象。望着这些,特别是望着飞旋翔蹿的鸟儿,西寨村的庄稼人,心头是喜悦的,满足的。他们说,当然,比起当年来,那鸟儿还是少了些,但鸟声却多了好多倍,而且不但白天鸣啭,夜晚也在鸣啭。那是因为人们更爱鸟儿了,他们都在先人手中没有过的收录机里,录下了各种鸟儿的叫声。

扛椽树

这柳，这陕北的柳，这迎着漠风的柳，这晕染出一片苍凉的柳，千万年来，是在等谁呢？谁能描绘出它的满身奇崛？

……滔滔的河。滔滔的神话和历史。滔滔的云中飘带和地上脚步。自周至春秋，花开花落五百年，星转斗移五个世纪，五百年五个世纪十几万个晴晴阴阴的日子，纷来沓至，应接不暇，等来了古神州的第一批诗人。诗人们如鸟如蝉如蛙，吟诵之声不绝啊不绝。吟出了"风"，吟出了"雅"，吟出了"颂"，吟出了一部《诗经》。吟出了"昔我往矣，杨柳依依"的绝妙佳句。不过，此句绝妙是绝妙了——引得后辈子孙竞相模仿，竞相依依——但，它却与这柳无干。风马牛不相及。南辕北辙。依依者在水一方，若窈窕淑女，不在陕北。陕北是满眼的干山疙瘩。依依者不是这柳。也难怪，这柳只生长在遥远的绝域，诗人们何得一见？

及唐，诗界的天空今非昔比，星汉灿烂。一颗星终于飘然而至，照亮了陕北。那是王维。王维走马沙原，沙原边，峙立着一铺摊摊的杨柳树，因而，他一定看见它了。王维诗兴大发，脑海中如有巨鲸游动，咕嘟嘟冒出两个字：直，圆。柳啊柳啊，你这下总算等来了——人们说——凭着这直这圆，凭着这两种飞动的线条，天底下的什么物象不可描绘出来？但可惜，王维并没有让这线条继续飞动,而是让它蓦地凝固了,凝固为大漠孤烟和长河落日。这能怨王维吗?王维只在陕北呆了极为短暂的日子,他的诗思怎么会不首先激荡于阔大的风光?怎么能要求诗人把所到之处的一切都付诸笔墨呢?

一次一次地被冷落,尽管是可以理解的,但碰到谁的头上,都无疑是重大的打击,都会有情绪上的波动。这柳,我心想它一定是一副失望的颓唐的样子了。孰料,它心静如月,仿佛世界上什么事情都不曾发生。翻开大地的档案,更知它千万年来,一直静静地观望,不曾激动过一次。

然而,当我的身影出现在柳的眼帘中的时候,柳不平静了,柳借漠风狂舞,首如飞蓬。而我,也恍若又见故人,顿生亲切感,真想喊着叫着猛扑过去。我感到了心和心的相撞,但我茫然不知何以如此。突然间,一个声音响在耳畔,唤我的乳名。我望柳,柳无言。望柳的枝头,一只乌鸦在叫:"章娃!章娃!"枝头上还有些鸟雀,它们叽叽喳喳,隐约在说:"等的是你!等的是你!"我欲问乌鸦,欲问鸟雀:"谁在等我?谁?"但不待我开口,它们已四散飞去,而就在这时候,阳光下,柳的影子已拥抱着我,如亲人温热的襟怀。原来,柳是在等我。哦,柳!陕北的柳!朴拙如庄户人的柳!令人兴奋令人落泪的柳!几千年了,不等吟出《诗经》的诗人,不等王维,就等我!我诚惶诚恐:"我有什么能耐?为什么等我?"柳仍无言,柳让山上的放羊娃传达它的心声,歌曰:"陕北生来陕北长,因为你魂牵这地方。南瓜蔓子白菜根,不等你的才华单等你的心。"我怎么能不被深深感动呢?我该怎么抒抒情怀?我虽然也写过诗,却事实证明并没有写诗的灵气,我只有求助于李白了:太平洋水深万丈,不及此柳等我情!况且,我本来对它也怀着难分难解的情结。我知道我该干什么了。

　　描绘它，没借鉴可寻。不论是关于柳的任何文字，都与它挂不上边。所以，什么娥眉呀发丝呀的种种女儿气，应该首先在天地间扫荡净尽。不能有西施的影子。不能有林黛玉的影子。不能有刘三姐的影子。甚至京华柳的那种绿，江南柳的那种绿，灞柳中原柳的那种绿，在这里也可以忽略不计——只用黑。黑还要浓黑。于是，我把我周身的血液变成浓浓的墨汁，满腔满腔地往出泼。泼一柱疙疙瘩瘩的铁的桩子，泼一片铁的定格了的爆炸，泼一股爆炸了的力的冲击。或者，泼成曾经跃起在这儿的英雄：泼成蒙恬，泼成赫连勃勃，泼成李自成，泼成刘志丹和谢子长。也可以泼成这儿的无数死了的或者活着的普通刚强汉子。我还想把它泼成鲁迅。鲁迅虽是南方人，但他的骨头却像这柳。我要泼出的是鲁迅的黑白木刻般的雄姿。——这就是这柳。

　　倘问：这柳没有枝条吗？有。但它的枝条不是垂下来的，而是横在天空中的，像爆炸射出的众多而凌厉的轨迹，像英雄举起的密密麻麻的刀枪。它的枝条是陶渊明的腰，五斗米也压不弯它。它的枝条是鲁迅的笔，其笔如椽，挥尽了一个时代的思想辉煌。

　　说到椽，这柳的枝条，确实是做椽用的。人们砍了它用来盖房子。一棵树可以砍六七十根。但砍了它，用不了几年工夫，又一层新的椽子又蓬蓬勃勃地生成了。生了砍，砍了生，往复无穷。往复无穷的是瘠薄的土地上的悲壮的奉献。它常常悲壮得像断肢折臂的战士。但即使年迈了，衰老了，它的躯体变得干瘪而空洞，甚而至于剥落成扭曲的片状，仍不忘耗尽最后一丝骨血，奉献于世界。如把它一生的奉献累加起来,每棵树都应该是一片森林。——这就是这柳。

我的描绘如果就此结束,我知道,还是对不住它的。我还应该用我满腔的浓浓的墨汁,泼出它的名字。有人把它叫做塞上柳,有人把它叫作蓬头柳,有人把它叫作扛椽树。我特别喜欢最末这个名字,因为它摒弃了柔弱的柳字,更因为它以浓郁的泥土气息,道出了它的根本特质。那么。就让我在浓浓的墨汁中饱和上深厚的感情,像豪雨一样,痛畅地泼下它吧——扛椽树!泼下它的时候,应该再次泼下它的奇崛形象,那形象仿佛是黑桩子,黑碑石,黑煤垛,黑旋风,黑白故事片中的黑脸黑衣传奇英雄,黑得使人过目难忘。这还不够,还应该泼出它黑色躯体中的代代相袭的遗传基因,以及由于这基因才一辈辈、一年年、永不歇息地扛着椽,扛着椽站起啊站起,献给父老兄弟姐妹,修筑广厦千万间。还应该泼出它的声音。那是负重的声音,那是拼争的声音。那是乐此不疲、坚韧不拔、不屈不挠、从来不说一个不字的声音。那是粗重的从胸腔发出来的喘气的声音。那声音如一股一股的西北风,风撼北国大野,壮我中华万世之威!

铺着丰腴脂膏的土地

油菜有的已经装上架子车,准备运走,有的正在收割,大片的麦田中便增加着和扩展着一条条巷道;而麦田本身,由于棵棵禾株穗大粒饱,不少地方倒伏下一片一片,而且都是旋着的模样,像大河中的漩涡,给人一种强劲的动感,力感。整个田野显得无比富饶,无比丰腴,有如勃动着一层厚厚的脂膏。

一种叫不上名字的小鸟,看见的只是一个小点,蓦然在空中一绕,蓦然又钻入麦丛。它的叫声像急促地咋舌,像急促地敲击着什么东西,像秦腔打击乐中的一种响声。当再次从麦丛中飞出的时候,腹下便仿佛沾着一些脂膏了,如刚从油茶中挑起的一只小勺儿,底下是一些滴滴答答的汁液。从甘肃开来的解放牌汽车,满载着身背草帽手持镰刀的麦客,一辆一辆地从这儿驶过,要开到关中的东部去。那儿麦子成熟得早,据说马上就要开镰了。但其中一辆恍若被大地上厚厚的脂膏粘住了,再也跑不动了。风尘仆仆的麦客们跳下车来,放肆地骂着,说今晚就他娘的在这儿过夜吧。但有的心儿,却早已被这脂膏腻得迷迷糊糊的,不想再向东去,说是就在这儿等几天吧;这儿,不愁使不尽咱的力气!

麦客们的脸,麦客们的身影,麦客们手中的镰刀,都辉煌得像一曲激荡人心令山河振奋的交响乐。那是因为夕阳在远远的西山照耀。

夕阳大而圆,它的光芒是贴着厚厚的脂膏平射过来的,也许由于黏糊糊的脂膏的阻绊,那光芒显得软散而无力。想来,夕阳应是成熟了的太阳,如成熟了的大地一样,它也要变成一团脂膏了。

可不是么,转眼间,挨上山脊的夕阳底部就果真酥软了,融化了,溶溶地动;而山脊也跟着酥软了,融化了,也溶溶地动。它们之间没有了界线,变成一片灿烂的稀释了的脂膏。又一个转眼间——这回真正是转眼间啦,恐怕只有一秒钟时间——那夕阳便一颤悠,忽地流下去了,滴下去了。山脊出奇的干净,宁静,不留一丝痕迹和声响。

但暮霭接着弥漫开了,先是迷迷离离的,继而渐渐浓重,浓重,最后也似乎凝作一天望不透边际的脂膏,把山河,把房舍,把人,通统包容进去了。

这时候,仿佛只要一个火星儿,就会使塞满了脂膏的整个天地燃烧起来。连意念都会燃烧得滋滋作响。歌声也会成为一撮灰烬。于是,一些小伙子果断地推开媳妇们绵润的手臂,连夜走到地边、场头,以皮影戏似的朴拙动作,涂下了许多"严禁烟火"的醒目标语……

黄土高原的秋

秋风起了的时候，燠热的酷暑隐退，黄土高原的广阔天空清清爽爽。碧蓝的天上，七八片白云悠悠。像有什么东西在远天闪现，先是缥缥缈缈，不可捉摸；接着有了影子，有了起伏，有了节奏，一声一声地明朗起来清晰起来——那是大雁的歌。呵，高高的天空，大雁飞过，"一"字"人"字飞过。

"一"是汉字，"人"也是汉字，那是仓颉创造的字，那是我们辈辈先人用过的字，那是我们字典里总是印着的字，那是连幼儿园的孩子们也会认会写的字。"一"和"人"，那两个饱含沧桑的字，擦着蓝天，唱着高亢明快的歌，在白云里向南方飞去。

"一"是什么？"一"是地平线，"一"是大地，"一"是一切物事的初始，有"一"才会有五洲万象。"人"呢，有灵魂，有意志，你看他，总是张腿站立，目光炯炯，神情专注，世世代代地为了生存为了幸福迎接挑战。

字形忽然变幻起来，那是书圣王羲之在运笔，底气浮漾，力道遒劲。笔锋上是大雁的翅羽挟着风声，墨迹渗着大自然的风韵。王羲之的笔下，是蓝天，是白云，是生命如歌似梦的演绎。

天空是简洁洗练的，可天空下的茫茫大地就很不一样了。秋的黄土高原脉络纵横，纷乱复杂。赤橙黄绿青蓝紫，软硬香辣横竖斜，各种颜色、各种味道、各种气韵、各种声息、各种姿态和各种果实,都经过了一春一夏的成长和韬晦,现在都不甘寂寞了,都显示出了强烈的表现欲。它们都想说些什么,唱些什么,争论些什么,压倒些什么,夸耀些什么,畅想些什么。它们都是有实力的角色,都有点君临天下的气度。

面对这一切,闭着眼睛默默想,王羲之的书法也是写在地上的,但地上不仅仅是王羲之的书法了,还有怀素的,颜真卿的,柳公权的,黄庭坚的,于右任的,鲁迅的,舒同的,赵朴初的,欧阳中石的,但书法上的字掉下来到处游移,它们混在一起,叠压在一起,千笔万画有如密林里树枝的交错,乱人眼目,无从赏鉴。

咳,是乱了。

野藤如怀素的笔墨趴于槐树梢,老鹰像于右任的手迹琢磨着崖畔上的羊蹄印儿。忙果欲落,闲枝想舞,玉米棒子没有牙刷也想刷刷它着实可观的牙,显摆显摆,一只红狐跳了两跳,枯黄的向日葵回忆着青春。有人在石头边给收割机加油,婆姨爬上断墙不知在摘啥。还有些牵牛花刚刚钻出土来,它们误以为现在还是春天,兴高采烈地努力生长,准备开上几个月的鲜艳花朵。挑水的汉子忙里偷闲地往那里瞅了几眼,好像在嘲笑,又好像在品味。芝麻地里蝴蝶喝露水,露水珠里有它的影子。好多庄稼都低垂着头颅,似乎在请罪。错矣!它们籽粒又多又饱满的低头姿态,是大丰收的表现!老了的韭菜连驴也不理,好不哀伤。北漂回来的青年不太会干农活,穿着雪白的衬衣,鞋是名牌,说要去买些扎捆谷物的绳子。他边走边看手机,不料,被割下的几捆子荞麦绊得跌到一汪牲口尿里了。唉!白衬衣弄得臊气难闻,怎么上街? 唉唉唉!

风雨起舞

96

有的成熟,有的颓败;有的高挺,有的倒下;有的还在,有的却不见了。

面貌乱了,色彩乱了,序列乱了。

眼前的景象乱哄哄的,很有点让人扫兴。

高原的大地原先可不是这个样子,这里原先不但像一场隆重的书法展览,而且像一篇好文章。它立意高远,内容青翠;行文上,谷子一层,糜子一层,玉米一层,高粱一层,向日葵一层,而且谷子糜子玉米高粱向日葵内部还分着细微的层次,豆类花生就是标点符号。真是有条不紊,眉目清楚,读起来非常舒服。可是现在,这文章就像在电脑上出现乱码了,无法卒读。

哎哟,的确很乱很乱了。

太阳的热汗有时还在冒,风的赤膊却穿上了衫子,说凉了凉了都加点衣服吧。土里的洋芋如一窝汉字拱破地皮,怕大家说它们出来得太早了,慌里慌张,前言不搭后语,而左近却无人,一个都没有,只飞过一些想偷吃的麻雀。谷子糜子玉米向日葵们都熟成了金子。一亩大白菜依然我行我素,固执地不肯脱下白绿搭配的长裙,声言春天还在身边。高粱地最是引人瞩目,几万面红旗飘飘,秋日照射下,火焰都快把地皮把稿纸烧着了。突然间,文章中糜子那节被割倒一片,一行一行飘香的字词都被放在地上,扎成了捆子。字词的茬子带着残留的丝丝干叶,缩在巨大的壑口里,白得刺眼。谷子的段落也被一句一句地放倒了,形成了空缺、少行、断片,谷地变得壑壑牙牙,少东没西。路上,一个牵驴的姑娘边走边望,对这样的残缺那样的破损露出了笑容,颇为欣赏。

那边厢,男童似的,女童似的,一亩黄豆喊叫着它们也熟了,真的熟了,南瓜也帮腔说很熟很熟异常地熟,豆豆们就更加自信了,有的喊着喊着就从豆荚里蹦出来了,不懂什么叫作沉稳,这些碎怂娃娃们!下沟里有人急急蹚河,水声哗啦哗啦的。羊在两块石头前吃草。山畔上的好枣子打下一摊,美死了甜死了那山畔上的一切。林带的背后老一声,少一声,蛐蛐五声牛两声,众声喧嚣纷杂。运送谷物的汽车有好几辆,一个车轱辘不幸爆裂了,看起来很有几分悲壮;崖底,有人从红火尚存的灰烬里拿出烤红薯,那红薯热气袅袅,俨然炫耀着它的二次成熟。

这是秋的文章吗?

当然是,是黄土高原上的秋的文章。

短短几天,成熟了的庄稼地不再规整,而是色彩驳杂,结构松散,缺三少四,参差不齐,犬牙交错,横七竖八,乱得一塌糊涂。这情状就像明初文学家宋濂所批评的那样,"黄钟与瓦釜并陈,春穠与秋枯并出,杂乱无章,刺眯人目者,非文也"。

不对!谁说这不是好文章!秋天是收获的季节,变化的季节,流转的季节,眼花缭乱的季节,秋的文章愈乱愈好!秋的文章总在删节着,斧削着,大剪大裁,成亩成亩地往下割刈,也在不断地追求着精美。

秋的文章可上典籍。

秋的文章总能让人欢喜,也总能让人激动得落泪。

■ 品品田野

　　有一个词，感觉上总以为是外来词，其实在我国先秦时代就有了它的存在；农民口里一般没有它，却和农民息息相关；只要把它写在纸上，就会出现莺歌燕舞麦浪翻滚的美丽景象；如果从"百度"上查一下它，就会一下子蹦出各行各业的众多人物，包括学者、教授、诗人、画家、公务员、厨师、工人、记者、演员、运动员、营销员……同样的名字，繁星一样，数不尽数。另据"天眼查"的统计，仅企业高管中叫这同样名字的，就有 245 个。其原因不是别的，盖因大家都喜欢它，钟情它，感到它的美好。这个词，就叫作田野。

　　"野"指城郊或偏僻之地。"田"字值得多敲几下键盘。上古造字，田字造得妙不可言也，像阡陌纵横的一块一块的农田。所以，自从造出来之后，历经数千年风雨，一直屹立不动，从来没有变易过，而别的字，不知演变了多少个样子。这说明，田字造出了稳定的、不朽的生命力。

　　田野，一个多么迷人的词啊！

　　从城市走进田野，就是摆脱了钢筋水泥的令人感到压抑的楼群，就有了广阔的视野，就能看到天高地远，澄澈明媚，绿树成荫，村庄处处，庄稼遍地；黄的是牛，白的是羊，人甩着胳膊迈着腿；悠悠的云彩，飘在天空，地平线被一排无形的铁钉，死死地钉在遥远的苍茫之中。走进田野,就是走进诗情画意,总会让人舒心舒意,精神为之一振。鼻孔里呼吸的是谷味花香,眼睛里应接不暇的是山岗河流,耳朵里接纳的是风声水声鸡叫狗吠。走进田野,心里就会想起从九儿唇间唱出的一句歌词:"身边的那片田野啊……"那旋律虽然忧伤却令人感动和惊喜。

清晨,薄雾刚刚散去,颤颤的露水珠儿还挂在枝叶上,鸟儿抖抖翅翎,正调试着它喉间的肉的簧片,簧片缓缓振动,然后初啼。村东一家的门轴吱扭一声,碎花的门帘一挑,一朵云彩似的,闪出一件白衫儿。也许还没看清那中年女人的面容,却可以肯定,那颜值准是差不到哪里去的!广阔的田野里,阳光充足,空气新鲜,山泉水洁净,富于多种矿物质,长出的野花也好看呀,人哪会长成丑八怪?接着到处都有了开门声,炊烟袅袅升起,一直升到云霞里面,云霞里渗入了烟火人家的烟火气。一架飞机云霞里飞过,那飞机一身五彩斑斓,上边好像可以掉下五彩的锅瓢碰撞的声音。

春总是踏着头年背阴中的残雪,率先来到田野,桃红柳绿,燕子衔泥。这时,为了人们认知的方便到位,冥冥中的字幕上,出现一段文字:"春一来就喊:我已到了!我已到了!但是山却说:你们现在太吵,太吵,不信你去问问送粪肥的王柱柱吧。王柱柱说得痛快:这好回答。不过你们先等等,我先到那边小树林里去撒一泡尿。你们先等等,我立马就回来了。"

而这时候,种子入土的声音,已然打在贴着窗花的窗上。

眨眼就进入夏季。麦田的麦穗上面,麦芒已像电灯的光芒一样,仿佛手都难以握住;饱满的麦粒被惊呆了,惊醒了,睁开了一双惺忪的睡眼,望着这个新鲜的世界,真想欢呼几声。蝈蝈们本来是以麦田做乐池的,弹奏了一个多月了,在麦田留下了绝妙的乐曲。现在,农人们用收割机送来了通知,让它们暂且搬走,它们已开始收拾麦叶、草根、湿土等行囊。而城里的孩子们兴冲冲地来到田边,他们已不像长辈们小时候似的,对遗落在田里的麦穗感兴趣了,他们一穗也不拣,而喜欢的只是音乐家蝈蝈。他们好像拿着从丰子恺画中搬下的质朴小房子,还有旁边的一棵垂杨柳,欢迎蝈蝈入住。

头戴草帽肩扛锄头的农人,一副荣辱不惊的样子,冒着烈日,走进玉米地,脚下草已绊腿,准备锄一锄,松一松土。玉米大概太寂寞了,见了农人特别兴奋,它以它的长长的叶子,那些绿胳膊,拉扯着农人,想跟他聊一聊。农人见了它们,也有说不完的话。而梅豆角不想听这些,它正努力着长蔓子,用蔓子上的触角探寻路径,蔓子在空中辛苦地游弋着,摸索着,向玉米的秆子上缠绕。一只衣上红黑搭配绝妙的花大姐,得意地站在蔓子上,它的背上,红色耀眼,黑色也耀眼。不知上天在造它的时候,花费了多少心思。

正是风和日丽的好时候,田野上的花朵争着抢着开放,有野的,有家的,有大的,有小的,有红的,有蓝的,有艳的,有素的,但苜蓿还没开花呢。紫苜蓿要是一开花,地是紫的,天是紫的,就把别的颜色全盖住了。黄苜蓿开花又是另一番景致,好像满地长出了金戒指,都是 24K 的,俯拾即是。然而,人们并不喜愿让它早早开花。趁着它还嫩着,家家都想用它做几盘好菜,哪怕随便把它下在面条中,也是香喷喷的。而牛呀、羊呀、驴呀、马呀这些长着四条腿的、人的朋友,已经在交头接耳了,悄悄地商议着那些好苜蓿,说咱们哪天一齐开涮。说这苜蓿真好,真香,咱们也应该受用一下,不能让人类独占啊。

一渠好水,滚动着可爱的小波浪,像扭秧歌似的,扭进了菜园子里,去慰问诗一样排列整齐的一畦一畦蔬菜,说我们没带别的好东西,只带来些干净的水。对于这水,大家都特别喜欢,连忙接下。于是,趴在架上的茄子、西红柿、黄瓜、豇豆,泡着自己的小脚丫,踢来踢去地玩儿;平地上的菠菜、萝卜、花菜、辣子、芫荽,脱光衣服,搓洗身子。蜻蜓和蝴蝶,就像无人机一样,在空中飞上飞下,应该是给它们拍照,一定会有好照片呢,可以上头条。

田野里不光有庄稼蔬菜,还有草木;如果考初中一年级学生,木是何物? 他们会回答:木就是树。正确! 一百分! 对于多年生的草来说,它也就是小型的树,而树,就是大块头的草。草和树相处和睦,从不红脖子涨脸,打架斗殴,而且,它们也活出了有声有色的自己。大树参天,搏击雷电,雄睨八方;果树结果,甜香诱人。这些,都不用多说了。即便是草,只要人们面前出现它,就会感到十分亲切,因为原始人类是从草中走出来的。脚踩着草,就像踩着田野的最柔软的肌肤,就会萌生出立即站住、立即趴下、立即亲一亲的冲动。何况,即便是看起来最小的、不起眼的小小草,在人们的感觉里,也并不卑微,它们也开花,也结果;当夜气游荡的时候,它们也会在它的袖珍的叶片间,开几粒闪闪欲滴的小花朵,捧给人们看。人们对它如此的深情厚意,哪能忽视呢?

田野里还有各种小鸟。有时,小鸟的叫声,就像一把珠子在台阶上滚下;有时,小鸟的翅膀,卟噜噜从草中飞起,又卟噜噜落在水边。田野里还有许多小动物,刺猬、兔子、松鼠、瞎老鼠、黄鼠狼都有,它们一般都跑得很快,有的要想过河,还能游泳。这些小鸟小兽,整天吃睡在田野上,活跃在田野上,开心在田野上,还在田野上谈情说爱,生儿育女。同时,它们也有生和死。然而,仁慈的大自然特别宠爱它们,好像从来不忍心把它们和死亡联系在一起。比如人们司空见惯的麻雀,人们常能看见它们的窝,常能看见它们下的卵,常能看见它们怎样从黄嘴雏鸟长到会走会飞,可是,谁见过一只麻雀老了,日渐显得老态龙钟,飞不动了,然后,因老而死?据说,老鹰会预知自己的死亡,到死亡的时候,会飞到人迹罕至的高山之巅,静静地归去。麻雀虽然没有这本事,但它却有大自然的超级护佑,它太心疼它了,只让别人看见它的生机蓬勃的一面。

这些小鸟小兽,生活在田野上,何等幸福!

夏季的酷热过去之后,喜人的秋就来到了。无论是农田上,还是野地里;无论是高大的树,还是低矮的草,都果实累累,香甜诱人。可是,田野上却也出现了凶猛的野猪,野猪食量巨大,要是光顾谁家农田,谁家可就遭了殃!一亩红薯,一夜之间,它就可以糟蹋半亩!有个老人就是受害者。别人问他时,他也只是无奈地苦笑一下。实际他想得很开,这田野,是众生的共同家园啊。但他也真的有些忧愁的事。这些年,大部分年轻人都远离了乡村,远离了田野,进城打工去了;村里多是一些缺牙的老头老太太。有些院子已荒草萋萋,野兔已在窗台底下做了窝,安了家。他难免担心,他们这一茬子人谢世之后,村庄会不会就此消失?

而秋,毕竟是丰收的季节,欢笑的季节。各种体态和颜色的鸟儿,各种翅腿的秋虫,各种水和风,都在唱歌。前来旅游休闲的城市男女,穿戴打眼,女的肩上都佩着纱巾,走在秋的路上,耳听歌声,看见没有一个枝头是空的。

枝头的累累果实,都急着等人摘呀:苹果、蜜桃、雪梨、枣子,以及野生的猕猴桃、酸枣、野杜梨……可以走一路,吃一路,想吃什么就吃什么,随心所欲,好高兴。

由于收割机的快捷,田里的庄稼,很快就收割完了。仅仅掰下的玉米棒子,就砌成了一道黄金的大墙,金光闪耀。两只红玛瑙似的鸟儿落上去,点缀得好生像张艺谋拍下的大片了!

明年的田野上,当然又会长出一片又一片的庄稼,不过,它们却已不是今年的庄稼了,只能是今年庄稼的子孙,这就等于今年的庄稼,生命已经走到尽头了,一个时代已经结束了。

所以,在庄稼透熟的时候,它们都像百岁老者一样,思绪绵绵,感慨万端,想着这一生的功过是非,特别是关于失误和不足,比如有的开花繁盛却结籽不多,有的每根穗子上都结了籽却不够饱满,有的觉得它们还应该结更多的籽粒,因此,它们会为此频频叹息,懊丧不已;当然,也有的感到这一辈子值了! 以上种种,都是它们的隐秘。然而,它们思绪确实纷繁而深广。也许,只有那些有神性的人,在熟透了的庄稼地里,好好蹲上一两天,才可以听懂它们的心声。

秋天的太阳,依然保留着较强热力的太阳,用它的光焰,与田野又亲亲热热了一天。人们看看时针分针,时间真如白驹过隙。现在,太阳累了,到了它歇息的时候了。它要睡觉了。它抖开了一块缎被面的被子,那就是红光四射的晚霞。晚霞下边是红艳艳的层峦叠嶂。有的爱好摄影的人,立马放下手中的活路,拿出手机,一连拍了好几张。羊们无人驱赶,竟秩序井然地自己走进圈里。鸡们也自觉地上了架。不知谁家的院落,传出了煮玉米和蒸南瓜的香气。还有的院落，风箱响得就像乐曲。不知不觉间，黄昏的拉链就逐渐被拉住了，暮色四合。但田野习惯于慢生活，村里的灯盏，有的还没有亮起。而我们嫦娥5号登上过的月亮，出人不意，已经优雅温婉地升起来了，它明镜一样，照耀着田野，撒下遍野诗性柔辉。今耶？古耶？反正，这场景，让人想起了"蒹葭苍苍"。一对回乡探亲的青年男女，轻轻地踩着柔辉，走到一个谷垛的后边，伸出温存的手臂（外人最好别偷窥），幸福地拥抱在一起……

石崖上的枣树

　　那是陕北的一座高峻石崖,陡峭得不能再陡峭了,齐上齐下,刀削一般,笔直地立在那儿;崖上又极少有土,极少有草,却不知在何年何月,就在那半崖上,在一条看不大清楚的石缝间,突兀地生了一棵枣树。照说,枣树生长在那儿,哪来的什么养料和水分,只要能勉强努出几片叶子,现出一点儿绿色,就算很不错了;可它偏偏悖乎常理,它长得健壮而蓬勃。每到了八九月间,红的绿的半红半绿的枣儿缀满那枣树的枝叶间,把整个树冠都压得垂吊着,像一片彩色瀑布。

　　但年年金秋到,这一树枣子总是红得诱人,装饰着好大一片天空。挑筐的走过的时候,只能仰着脖子,望枣兴叹;扛锄的走过的时候,也只能仰着脖子,望枣兴叹;城里人颠簸着汽车前来旅游,猛地看见了,也必像吃了进口的兴奋药似的,大呐二喊地跃下车来,扔石头,抛棍子,爬,一个比一个有劲地跃跃欲试,结果呢,也只能仰着脖子,望枣兴叹。

　　就在这石崖下,有个石雕加工工地,工地上汇集了来自好几个县的能工巧匠,有老汉也有年轻后生。他们雕成的和正雕的石狮子,一个个生动可爱,摆得到处都是。这些民间艺术家们,如处近水楼台,当然更想摘那树好枣子。据说,他们中间的一个小后生,臂力过人,他曾运足了气,把一块石子儿硬是扔到枣树上了,不过也只是仅仅打下两三颗枣子而已。"他娘的！这怂枣真成了王母娘娘的蟠桃了！"他瞅着那枣树咒骂。而那枣树，望着气急败坏的小伙子，好像故意气他似的，摇了三摇。

但是仍然有一些途经这里的人，总要仰着脖子，瞅着，眼馋着，艳羡着，口腔里分泌着唾液，每一条神经都被挑逗得打着颤颤，但都无可奈何。

一棵枣树，爽了那么多人的眼，打动了那么多人的心，又扫了那么多人的兴，使有的人在离开的路上还要对它念念想想，思思谋谋，谈论过来谈论过去，几乎被路上的树桩子绊倒，这，在全世界想来都是少有的。它是哪个仙女过路所种？抑或它的前世很不寻常？人们无从弄清它的背景，更无从弄清它是轻佻还是贵气。

当那年亲眼看见了这棵枣树的时候，我也忍不住停下脚步，仰起了脖子。由于仰角太大，我的帽子都顺着肩膀滑落了。与我同行的朋友说："光干瞅顶个屁用！要是真想尝尝，咱们哪天有了空儿，就花点时间，从山后爬到那崖上去。"后来我们真的去了。绕来绕去地足足走了有七八里山路，走得人大汗淋漓，衬衣全湿透了，才算看见了枣树。如此近距离地看着这棵枣树，恐怕自从这枣树出世，都没有过几人。也许由于特别兴奋，也许由于枣子的映照，我俩的脸都红得像一片霞了。那枣树真让我们很想欢呼几声。我看见，崖上风很大，阳光也很充足，风和阳光一年年地透过了它的粗糙的树皮和枝叶，储满了它的非常诱人的生命，因而它的果实又大又艳，宝石一般。虽然那树上的每颗枣子我们都看得清清楚楚，我们甚至看到了爬在枣子上的几只大蚂蚁，但是那儿的地势太险峻了，我们硬是无法再向它挪近一步。那境况太让人怅惜了。我们在那儿叹息了老半天，只得一步一回头地悻悻离开。

好多年之后，当我不由得又想起那棵枣树的时候，终于不再悻悻了，那是因为我重读了《诗经·蒹葭》：

　　蒹葭苍苍，白露为霜。
　　所谓伊人，在水一方。
　　溯洄从之，道阻且长。
　　溯游从之，宛在水中央。

接着我又想起了一首陕北现代民歌：

　　羊肚子手巾哟三道道蓝，
　　咱们见面面容易说话话难。
　　一个在山上哟一个在沟，
　　啦不上话话哟咱招一招手。
　　瞭见了个村村哟瞭不见个人，
　　泪蛋蛋抛在沙蒿蒿林。

这些不朽民歌所创造的情境，不是和那棵枣树所引发的情境是一样的吗？

想到这一层，我就忽然感到我的生命颤栗起来，抖落了些许的俗气。你看，那棵枣树是那么美好，那么诱人，却总是难以触到，总是让人企慕；它总是撩逗着你，召唤着你，却又总是远离着你；它是美人，美人如花隔云端。

它已由物质上升到精神层面，它给人们带来的是诗的境界浪漫的境界美学的境界。它正如钱锺书先生所命名的"企慕情境"。

在这里,枣树已然存在于艺术之中,人们也参与到艺术之中了,何其玄妙。它是天造地设的企慕情境,让人得到了高端的艺术享受,使人回味无穷。

一朵一朵数流霞

岁月是一条河,其水汤汤,其浪活泼翻滚,哗啦啦啦如前进的脚步,无止无息地奔流。

每个人都可以在这河里找到自己。

河很长,人生苦短,每个人只能流在自己有限的波段里。

在此生命波段,如果能和某一伟大人物和伟大时代一起奔流,并留下一份记忆,当然是值得骄傲的事情。

在此生命波段,有的人被推上大浪之尖,有的人却从无那样的幸运,但每个人都能奔流出自己的精彩。

扑向中流,释放出人生的奇崛能量,尽显出血性、智慧和才华,理所当然是好男儿的不息追求。

然而,身在河流里的每个人,都不是孤立的存在,都有着繁复的关联。不论你身在何方,也要受到亿万人的影响,或在看得见的身边,或在千万里之外,或是被推动着,裹挟着,或是被挤碰着,制约着。人们各自在大河中达到的位置,是宿命,是自己的力和复杂浩瀚的力共同作用的结果。只要奋斗过,追求过,就应该赞赏自己。

这条河是大禹疏通过的河,是流经山海经的河,是孔子老子谈论过的河,也是李白指出源头的河。这条河是史家之绝唱,无韵之离骚。这条河的一起一伏,如同聂耳洗星海刘炽们谱曲时的呼吸,浮漾着时代的阴晴睡醒。看这大河的气势吧,"三万里河东入海,五千仞岳上摩天"，何其豪壮！

在这河里，分明有一条灵光四射的文脉，贯穿始终。文脉里的一滴滴水，永远是忧伤深沉壮烈多了几分。而那些志存高远、心系苍生、勤奋努力的作家，他们不断掀起的激动人心的浪花，终会蒸腾而起，成为我们精神天空不灭的流霞，焰火一样辉煌。

数流霞，从头数。哦，那是隐约可见的甲骨文，那是隐约可见的金文，那是隐隐约约的霞光初露的八个字："断竹，续竹，飞土，逐肉。"接下来大篆小篆隶楷行书如群莺乱飞，目不暇接。从"关关雎鸠"，到"余幼好此奇服兮"；从"籍曰：'彼可取而代也。'梁掩其口"，到"君不见，青海头，古来白骨无人收"；从"环滁皆山也"，到"气吞万里如虎"；从"莫不是八字儿该载着一世忧？"到"一语未了，只听后院中有人笑声，说：'我来迟了！'"；从"然而我们的阿Q没有乏，他永远是得意的"，到"别看五千年没有说破"；从"月亮升起来，院子里凉爽得很，干净得很"，到"改霞！你见天黑间往外跑做啥？"从"上海关。钟楼。时针和分针"，到"妹妹叫宝情（成），我叫情（成）渝！"炫目的流霞一路流下来，落到风里，草里，水里，窗里，户里，灯里，浸透了我们的每一个早晨和每一个傍晚。

这流霞入杯可饮，这流霞可浇心田，这流霞出唇就是歌。

在中华"天人合一"的哲学中，气，逸窜于宇宙和人生。或可见，或无踪。"文以气为主"，"腹有诗书气自华"。作家和读者之间，是以暗逸默窜的气所连通的。没有气的诗文我们见得多了，那都是僵尸。一件好的作品，必然是活的生命，必然有脉动和呼吸。而一个好的读者，面对好的作品，必会体验到那涌动、回荡、流转和飞升的气,是一种美的享受。这气是作家灵魂中的才气,灵气,血气,骨气,醇美之气,浩然之大气,它一旦渗入你的心灵,就会呼唤出美的回响。

我们好有福呐! 先人给我们留下的遗产,硬件有辽阔疆土,高山大河,森林草原,岛屿海峡,珍禽异兽,以及我们一代代的身躯;软件则是诗和箫,文和剑,诗魂剑气的精神流霞。不论它们是何种形态,都是我们的恒产,一件都不可少。

假如没有独步环宇的唐诗宋词,唐就瘪了,宋就陷了,它们就近乎庞贝废墟,属于我们的语词也会没精打采,昏昏欲睡,我们还能高高挺立于亚细亚吗?

有了这文脉丰盈的流霞,我们灵魂中就有了美好景色,我们的生命中就生出了高贵气息,而正义和良知就扎下了根,就会与我们相伴终生。

有了它,就会有雨,就会有雪,就会有三伏的雷响一阵一阵,我们的民族和国家,就会总是生机勃勃。

我本陕西人,不论走到哪里,一双兵马俑式的眼睛,时时观照陕西。人道是秦川八百里红尘攘攘,开门闭门,辣子秦腔,脚底下踩的是代代帝王。而古都西安,"半城文化半城仙,凉菜里都拌着诗的标点"。这虽是戏谑地自诩,然而,文脉浩荡确是事实。

一朵一朵地数,数流霞。那一朵正流到头顶的是谁啊?

"唔,成章,是谔(我)——陈忠实。"

啊,好亲切的声音! 你让我心跳让我惊喜!

但我看见的却只是白鹿腾跃于明灭中,若幻若梦,流霞一抹。

忠实! 你升起时,离我的距离好近好近,几乎能扫着我的眼睫。忠实! 你是从灞柳风雪中升起来的,你是从柳青的肩膀上升起来的,你是从辽阔壮美的白鹿原上升起来的;你以你的飞升,演绎着民族的百年秘史,给人们提供了一个崭新的审美角度。

忠实是我的好友,他的去世曾使我震惊哀恸。他是一个格局浩阔的作家。在文学的河里,他一个猛子扎下去,隐身六载,磨砺六载,苦写六载,他的思想和艺术的不凡气场,顿令许多作品黯然失色。他在成就《白鹿原》的同时,也成就了自己的不凡人生。他死后,被人们称为"关中正大人物"。

卢延让曾经说:"吟安一个字,捻断数茎须。"我们通常只惊叹于杜甫之树高大伟岸,却不曾看见那大树之下,是密密麻麻苍苍茫茫的捻落的无数枝柯。如果没有吃苦精神,决然与作家二字无缘。

现代文学巨匠柳青,也是一个大思想家。他曾说:"文学是愚人的事业。"这是个十分精辟的论断。大凡有点作为的作家,无不是个愚人。而其中的大愚,勇于在一片浑沌中求真写魂的愚中之愚,放弃了尘世中的百般诱惑,与天地精神往来,一心从岩层里开掘元气,令历史的气色为之一亮。

还是柳青说得好:"作家是以六十年为一个单元。"欲登文学之峰,其路迢迢,自古至今,多少人在苦苦跋涉。陕西的老一辈作家柳青、杜鹏程、王汶石、李若冰、魏钢焰,每个都是老去了的跋涉英雄。随着改革开放,一大批青年作家脱颖而出,佳作连篇。他们因为呕心沥血而早逝者,有一长串的名字:李佩芝、路遥、邹志安、田长山、陈忠实、王观胜、张子良、蒋金彦、王晓新、红柯、冯福宽,等等。他们都是文学的殉道者,是振动于形而上的能量,是耀眼的流霞。

无数优秀的作家已经走了,我们头上流霞如水,如火,如旗,我们传承着他们的精神,汲取着他们的创作经验,向前走去。路上有树有鸟,有春天的禾苗,风正好,气融而情畅,山高水长。当我们累了的时候,当我们文思滞塞的时候,我们都应该抬起头来,看看天空那些飘逸的流霞,作一次身心的洗礼,然后挥挥手,继续前行。

风雨起舞

第三单元

延安交响

CHAPTER

3

延安交响

　　我回到了阔别多年的故乡延安。

　　记得那年离别时，风吹着我的黑发，母亲的新坟上，刚刚拱出几株卷着的草茎；而今天，当我再来时，我已无力攀上荒草萋萋的坟茔，我的头上已是白雪厚积。

　　我虽然老了，臃肿了，延安却还应能认得我；而延安，却变得令我目眩神迷，乱了认知。

　　眼前是延安吗？当然是，不是又会是哪里？不过，尽管信天游依旧，革命旧址依旧，宝塔山连同宝塔依旧，依旧的延河依旧哗哗啦啦地哼唱着奔流。此刻云彩此刻风，也有几分当年的感觉。可是，除了这些之外，延安变得我也认不出了！

　　皮鞋，布鞋，耐克鞋，鱼贯走来，走在延安路上。红色旅游正在延安蓬勃展开。枣园那几棵比我小不了几岁的大梨树，曾经给了领袖们许多清凉，现在它们擎天伫立，翁翁郁郁，越长越茂盛了。实在想象不到它们居然可以长到那么高！天南海北的人们，脸上闪烁着梨叶间撒下的光斑，灰布军装八角帽，手提小马扎，瞻仰，流连，围坐一圈讨论。既是重温滚烫的初心，也是寻找那绝美的伏笔。一队一队，摩肩接踵，出入于每一领袖窑院，立定天地精神。而枣园四周的梁梁峁峁，沟沟岔岔，以至全延安的千山万岭，一改当年的黄漠漠的干瘪的颜色，全都变绿了，水意溶溶。而一丝丝的轻灵的细雨，说来就来了，就

117

像秦岭之南。雨中的枣园,燕子低掠翅带雨,宛若唐寅笔下的江南小景。千百年来,一直被老黄风频吹的延安,成了翠绿的延安,湿润了的延安,水晶晶的延安,江南一样的延安。

包心菜似的,宝塔山,凤凰山,清凉山,紧抱着延安。古书上说:"三山鼎立,太和第一。"太和就是清凉山。清凉山最高。它山顶上的太和庙,如巨掌捧着的金碧辉煌。可是现在,你退回到凤凰山上看看吧,清凉山上那一握金光,猛扎扎落下来了,落了好几个层级。原来,清凉山一点儿也没有矮,而是在它的后边,削平了 33 个山头,填埋了更多的沟壑。削平和填埋中,金属的悬崖隆起,隆起;玻璃的绝壁隆起,隆起;钢筋混凝土的山峦,隆起,隆起。它们灿烂地隆起了。延安新区,傲立于岁月的顶端,而岁月记忆尚在千万尺之下。78.5 平方公里的不曾有过的辽阔,亿万吨的政府学校剧院体育馆居民楼超市,40 余万的人性人伦人生,喜怒哀乐,陕北口音的歌腔笑韵,硬生生地被托起来了,举起来了,在半天空里,在云中,在霞中,在鹰翅之旁。而东南西北,百城千镇,都仿佛在一夜之间变成了侏儒,都一齐匍匐在延安新区的脚下了。

犹记得,古延安沟壑纵横,街市只在逼仄的夹缝中喘息。而现在,有一种奇异的神力,无往不胜,使亘古不变的延安街市,有如庄子笔下的大鹏,一冲上天,好一派万类霜天竞自由的蓬勃景象!

也记得,延安城周边的千百条沟壑,年年月月冷清无人,纵有野花野草,也是道不尽的寂寞,自生自灭。而现在,那一丛一丛的马兰花,一丛一丛的野艾,都成了人们阳台上的摆设,因为一种新的叫作摩天楼丛的巨大植物,成了这些沟壑的权威和主宰。那楼丛开的花朵是一扇一扇的玻璃窗,和那窗里的目光顾盼,三弦弹奏,小曲轻唱:"酒瓶瓶高来酒杯杯低。"

只要驾车在延安路上行走,总会碰到一座座大山,大山不由分说地挡住了你的去路;这时候,总是有一只巨兽,配合默契,双目炯炯,蹲伏在前边,眼睛一眨不眨地注视你。当你还来不及思索时,那巨兽眼睛已把你吞没了,一丝不剩,如口之吞物。你一入眼眶,黄土就没了,满壁灯光,云霞明灭。可是你感到的绝不是恐惧,而是喜悦,大喜悦。因为你进入的是冬暖夏凉的双线隧道。

延安自古挖窑而居。延安的黄土天生是挖窑的好材料。延安的黄土有如黄花梨木,你想怎雕就怎雕。八路军曾在延安雕出了满山精品。而现在,人们把挖窑的本事发挥到了极致。无论是杨家岭,大砭沟;无论是黄蒿洼,还是万花山,处处都有隧道。延安周围的群山,都被隧道串起来了。隧道四通八达。唐诗人章碣的《对月》诗,好像就是专门为今天的延安写的:

> 琼轮正辗丹霄去,
> 银箭休催皓露凝。
> 别有洞天三十六,
> 水晶台殿冷层层。

今日之延安,真是别有洞天。

延安的歌声是信天游,延安的汽车是顺地游,顺地游游出了时代的潇洒,旋律同样美丽。

顺地游于隧道,你的汽车快如银箭,也像保卫延安的战斗中,满山呼啸的子弹;你的车轮就是琼轮,你的轮下碾着丹霄,你有如泳在光中,也像当年高举火把欢庆胜利。正走着,你忽然被吐出隧道,迎面的又是林中高速,负离子如蚂蚱乱溅。而最爽心的仍然是水晶台殿般的隧道风光。每条隧道都是一条灯的穿山河流。每条隧道都是处处芳华。这数不清的隧道,犹如金镯玉佩,闪耀在延安身上,延安变得何其绚烂。

我的亲爱的母亲延安,在地理上,业已经历了数千年未有之大变局了。

延安的天翻地覆的巨变,是我国成为世界第二大经济体的生动缩影。

被锁在山沟里的、千百年来闭塞着的延安,风,终于通了;气,终于通了;经脉,终于通了;血管里的阻塞一扫而光。如此美好如此健康的感觉,从来没有经过。

还在上中学的时候,我读过一首歌谣:"燕子回来找旧窝,找了一天没着落。"现在,我就像这只燕子了,怎么也找不见我的旧窝了;不但找不到,甚至连承载着那旧窝的延安北关某单位,竟也找不到了。一溜摆一溜摆的房舍,一块一块的牌匾,温馨而又浪漫的小街,虽然弥漫的还如当年的气息,但我扑上前去攫住的却是一连串的迷失。我这个当年的歌词作者,竟逮不住一丝韵律了。以为没走多远。早已走过头了。返回去重找。真可谓费了九牛二虎之力,总算在我的徒留传说的旧窝前,用手机拍了一张留影。延水汤汤,在不远处流过,在我的心头流过。照片上应有我的感情起伏。

此次回延之前,我和 97 岁高龄的诗人贺敬之通过话。贺老说:他和我很近。我听了心里热乎乎的。贺老和我,都对延安有着特殊的感情。我虽才情有限,能看上的诗家却并不多,但贺老是我终生所仰慕之人。我对他的除了旧体诗的全部作品,了若指掌。此刻,我欣喜地看到,许多前来瞻仰延安的人,都可以随口背出"几回回梦里回延安,双手搂定宝塔山"。这句诗最贴切地道出了时代的心声;不管把它放到哪个朝代的诗词中,都会是力压群芳,引人叫绝。

在《回延安》中,诗人还曾说:

> 一盏盏电灯亮又明,
> 一排排绿树迎春风。
> 对照过去我认不出了你,
> 母亲延安换新衣。

而此刻,面对母亲延安,我的感受完全不是这个样子了。"一盏盏电灯","一排排绿树",早已是过去的故事了。而母亲延安,也绝不是换了一件新衣。面对如此巨大的变化,我都不敢相信自己的眼睛了。我一时想不出恰当的语言,索性借用贺老写过的一句唱词,来表达我的感触吧:

> 看眼前,是何人?
> 又面熟,又面生。

此刻我的内心,正是如此。

母亲延安的变化太大了!

为能描绘出当今延安的面容,我只好再套用贺老写的一句诗了:

> 要请贺老改诗句:
> 母亲延安换了天地。

回看革命的来路,延安的秧歌,一直扭到北京城里。我们的队伍一直载歌载舞。而今天,在欢庆我们党百年辉煌的延安,阳光照透的林间,光线有如各种琴弦,而隧道是笛子、唢呐、圆号、萨克斯。一场恢宏的交响乐,响彻云天。

朋友们最知我心,安排我住在离宝塔山最近的宾馆。每当暮色四合,宝塔山上的灯光哗啦一下全亮了,宝塔山红了,如火焰燃烧,也点燃了我的心。假如那时拍一张相片,我想我全身都会是红的,如一缕火焰。我想起,1937年春天,当我过满月的时候,刘志丹夫人同桂荣妈妈,曾给我送来一双老虎鞋;我想起,我曾骑在南关大礼堂外的短墙上玩耍,适逢伟人毛泽东开会走来,他的目光在我身上停了几秒;我想起,边区政府副主席李鼎铭先生,亲自为我号脉,看病;我想起,我的稚嫩的嗓音,曾在清凉山上的新华广播电台,在那贴着白毡的小窑洞演播室里,乘着电波飞遍全国。我这个出生在延安的孩子,是党一手培养大的。

然而我深知,我不能独享延安。延安是全国人民的延安,是冼星海的延安,是石鲁的延安,是贺敬之的延安,是永恒的革命圣地。作为地地道道的延安人,我的呼吸,我的心跳,将会永远伴着延河奔流的强劲节拍而跳动。

高跟鞋,响过绥德街头

提起个家来家有名,
家住在绥德三十里铺村;
四妹子爱见个三哥哥,
他是我的知心人。

这首深情悠婉的民歌,多年来,使绥德成了人们心中的一个亮点。

但是,你到过绥德吗?你不想领略一下绥德当今的风采吗?

汽车沿着咸榆公路飞驰,飞驰,一路是看不尽的山、塬、树、村庄、城镇,羊群和车辆,农妇和窑洞;途经宝塔高耸的革命圣地延安,然后车窗外又闪过一个又一个像磕头一样的抽油机,一堆一堆的煤炭,一层一层的石板;眼前群山之中,二水汇流,三桥飞架,出现一座虽然只有一名交通警察却欣欣向荣的山城,这就是绥德了。

绥德人是自豪的。不知是在什么年代,他们就在自己城边的青石崖上,凿下了四个瓦房似的大字——天下名州。这四个大字,新近涂了红漆,热烈得像燃烧一般,更突出了他们的自豪感。

看看街上匆匆往来的行人,看看行人的衣着,你便会惊异地发现:尽管地处黄土高原的山旮旯,这座山城却一点儿也不土气。只要凝视片刻,你又会发现:这"不土气"的印象,全是从妇女们身上生出来的,特别是年轻女子。她们一个个穿着入时,就是走在北京街上也毫无逊色。而男人们,则全都穿得普普通通。

这时候,你不由得想起一句赞语来:"米脂的婆姨绥德的汉。"绥德向来出美男子。举目四望,果真如斯:市民是美的,干部是美的,交通警察是美的;那边走来个掏粪工人,他也是美的。你于是想到,也许为了这个原因,为了能够匹配,绥德的女子们,才特别注重穿着打扮。

但你立即又发现:不对。绥德的女子们,绝不亚于男子汉,甚至比男子汉长得更美。瞧那脸蛋,瞧那腰肢,哪个不能上画图? 她们不愧是压倒"一十三省"的蓝花花的后裔。难怪她们刚刚看过一部反映陕北生活的影片,没走出影院,就叹息起来了:

"唉! 咋选了那么个演员?"

"那女子一满不俊。"

"可不是! 叫人家看了说,咱陕北女子又丑又胖,满没个样样儿!"

她们理当抱怨。因为她们看见,演员反而不如自己。

绥德的女子是美。

看来,把"米脂的婆姨绥德的汉",理解作泛指绥、米一带的人,不论男女,都长得很好看,是更恰当一些的。天生丽质,加上漂亮的衣着,使绥德街上的女子们,飘然若天仙一般。这飘然的举止,是和步态分不开的。绥德的女子们很注重步态。

当地人看一个女子美不美,也很注意这一点。这里有一首古老的民歌:

干妹子好来实在是好,

走起来好像水上漂。

这是一首古老的民歌,唱的是往昔的事情。这反映了绥德人传统的审美观念。现在,绥德街上的女子们,"漂"得更风流了,更有韵味了。那是因为,她们不独衣衫漂亮时新,而且穿上了高跟鞋。

的确,最引人注目的是她们的高跟鞋。她们几乎每人都穿一双。如此普遍的高跟鞋,如此密集的高跟鞋,即使在北京,在上海,在广州也很难见到。那些高跟鞋,大多是枣红色的,又大多请街上的摆摊儿的江浙小师傅钉了鞋钉,走在蓝天朗日之下,走在青石铺就的街道上,要光有光,要声有声;红艳艳闪着,笃笃笃响着;如灯笼一般,如鼓点儿一般,嘿,多么迷人!

女子们多喜欢两人结伴来去,有时还厮跟得三五成串,一群一伙。那时候,高跟鞋闪着——你的灯点燃我的灯;高跟鞋响着——我的鼓震响你的鼓。这灯光和鼓点儿交融在一起,更叫人动情,更叫人生出许多联想。

一日,雨后。一双红火蛋似的高跟鞋,带着清新的风,从碧绿的萝卜缨缨边走过,从金黄的老南瓜边走过,那五彩斑斓的色彩,辉映着绥德城四周的山崖沟洼,竟使一位远道而来的老画家,像孩子一样欢呼起来。

哦,你踩响了大地琴弦的高跟鞋,你展示了生活含义的高跟鞋!

据当地人讲,绥德女子们的爱美、爱穿戴,不自今日始。这好像是个传统,辈辈都是这样。她们总是在追求时新的东西。边区时代,延安的女同志怎么妆扮,她们就怎么妆扮;现在,北京风行什么,她们就穿戴什么。她们经常乐得就像鸟儿一样。

但你也会听说,她们也有心苦情涩的年月。那时候,姑娘都姓"铁",敢想穿和戴?即使敢想,也没有敢干的,因为整年连肚子也填不饱。这里流传着一个辛辣的故事,说是有一天,一只老鼠来到县城,转了一圈,寻不下任何可以充饥的东西,于是仰天长叹一声,头一扭便走了。编故事的就是本城人,他因此招来横祸,几乎被迫害致死。这个故事,活画出绥德人民当时所处的悲惨境地。

　　而此刻,绥德街头,你听到的是两个本地人的乐哈哈的对话:

　　"拜识(朋友)!今年光景咋个?"

　　"真米化谷,白面好肉可吃美啦!哎,还要咋哩?他日本家首相能吃些甚?"

　　"那……为甚不给你买上块表?"

　　"嗨!不是买不起,是嫌戴上累事呢!"

　　你可以听得出来,答话人的满足感溢于言表。他四十多岁,穿件白衫子,衣领非常干净。

　　说话间,耳畔传来高跟鞋的声响。这两个人看看穿得硬格铮铮的女子,又拉起话来:

　　"这些女子,都跌进福窝窝里了!"

　　"谁说不是?哪个身上的穿戴不值百十块钱?"

　　"可她们心里的意见还多哩!"

　　女子们听见了,不满地转过穿着浅蓝色坎肩的身子,隆着丰满的胸脯:

　　"意见多咋啦?人心不是北冰洋喀!"

　　高跟鞋撑起的,是一个燃烧的灵魂。你只要走几步打听一下就会知道,她是前年才招收下的一名工人。她使那个长着满脸络腮胡子的厂长很感头痛。她整天喊叫着要改革。

她不是逆来顺受、眼神灰暗的"铁姑娘"，她也不是手提着羊肉往哥哥家里跑的蓝花花。她肚子里消化的，不再是糠菜豆渣，而是细米白面，有时还有罐头、啤酒。正像高跟鞋把她的躯体撑高了一样，她的精神升上了一个更高的层次。她喜欢谈论一本已经揉皱了的书，那书名叫《第三次浪潮》。

她向前方走去，高跟鞋笃笃地响着。

一双又一双高跟鞋，响过绥德街头。

高跟鞋，使女子们身段的各部位像山河一样，隆起的隆起，凹下的凹下，有了美丽而鲜明的曲线。

高跟鞋，使山河像女子们一样，妩媚多姿，永葆青春和憧憬。

哦，红宝石似的高跟鞋，红玛瑙似的高跟鞋，红珊瑚似的高跟鞋！

哦，如此新鲜如此生动的高原小城！

不待你想下去，那边山湾湾里，传来一曲风趣诙谐的歌儿：

> 骑青马，过青台，
> 走在路上掉了高跟鞋；
> 哥哥给我拾起来，
> 羞得妹子头难抬。

那歌声，惊乱一树花翅膀雀儿，雀儿扑棱棱飞起来了……

■ 定 边

　　很长很长的时间,车在夹缝中驰骋。缝是沟壑,夹者是大山,大梁,大峁。突然间"大"字如鹰飞走,才准备睁大眼睛细看,那些山梁峁已缩成了一片虚无。而虚无中已有了新的存在,令人兴奋,令人筋骨舒展:那是大原野了。平平坦坦,空空旷旷,一望无际,如关中平原。自然不是关中平原。关中平原盛产小麦和玉米,一年到头的色彩只是绿与黄的转换,而这儿是满目的粉红。像霞落原野。像蝶飞大地。像姑娘们把她们的嫁妆,一齐从家里搬出来了。那是什么? 说个谜语你猜:"三页瓦,盖房房,里头坐个白娘娘。"日本人非常喜欢吃那个东西。他们经常从这儿进口。如果还猜不着,听首陕北民歌好了,那民歌是挺有名的。"××圪坨羊腥汤,死死活活相跟上。"荞面圪坨。那是荞麦了。对。荞麦是紫红的秆秆。紫红秆秆上开着繁盛的粉红的花。

　　粉红的花,粉红的奇幻的海洋。奇幻的海洋中又偶尔间杂着糜子和洋芋,更显得斑斓夺目。但除了庄稼地。还有广阔的旷野。一眼望不尽的老黄沙。沙梁梁高来沙梁梁低。稀疏的植物是开紫花的沙打旺,沙蒿,以及沙柳。沙柳有惊人的细细长根,风把它吹得裸露出来,如平铺在地上的十丈八丈的铁丝(应是大地的筋吧神经吧)。一种叫作"地雀雀"的小鸟,这儿一飞,那儿一飞。那真是一种稀奇的生灵,沙子般的颜色,头上羽毛形成独角耸起,耸一根调皮和美丽。挑逗人。

旷野里还有人们汗水浇灌出来的防风林的方阵。方阵座座,如座座城堡。筑作城墙的是高高的白杨树,守城的将士是高高的白杨树。可有敌寇来犯? 折臂的白杨倒了的白杨,叙说着一次次战斗的残酷。

但真正的县城,是没有城堡的。迎着车,闪过房舍,闪过工厂,闪过拖拉机,人们如我,我如人们,都知道定边到了。

城不大,街不宽,铺面也都低低矮矮,但却如熔炉出钢,一派红火烂溅。人流涌动。人潮起落。人群熙攘在琳琅的商品之中。而商品,从家用电器到锅刷刷,从装饰材料到红头绳,交汇着,掺杂着,斑驳陆离。稀罕的是蔬菜。蔬菜像产自巨人国:菜辣子一个半斤,洋芋一个一斤多,西红柿大得就像小西瓜。这个定边,这个在人前总是吊着干瘪乳房的定边,怎么却留了一手? 好憨厚好狡黠的定边!

南来北往的人,男的高大壮实,方墩子脸,黑红肤色,女的则曲线楚楚,丰满白嫩。男多骑摩托,女多着坎肩。男女皆有不少戴眼镜者——使粗粝的世界多了点温柔感的有色眼镜。他们的身影连着平坦的原野,连着早晚和正午悬殊的温差,连着时起的扬沙黄风,特异的地理环境塑成了他们特异的浪漫风姿。街上没有交通警察,没有什么规矩;有的是自由王国的遍街自由;人便成了一群乱羊,摩托车自行车便成了一群乱羊。其实摩托车自行车更像一群乱狼,狼入羊群,横冲直闯,真教人担心危险,危险,羊的厄运临头了,却不料,总是相安无事。他们都有敏捷躲闪的本领。

女子们放任着自己的天性,如野花疯开,最是无拘无束。在她们明亮的眼睛中,这世界纵然布满雷池,但她们

129

荡开的脚步,层层叠叠踏下脚印如印下一街的厚厚字典,那字典中却没有"不敢"二字。到了车少人稀的街上,她们就十几个人排成一把梳子,梳向前去。她们要是二人横穿街道,就用胳膊互搭着肩,还要用另外两条胳膊互搂着腰,并且说说笑笑,招摇过市。对这些,周围的人们都习以为常了,不去注意。但我颇感殊异,还有一个从乡间走来的老太太,也驻足久视。不过,我站的是现代都市的角度,老太太持的是正被历史逐日遗失的目光。这时候,老太太心中泛溢的是些什么呢?是不是一首她年轻时常唱的民歌?如果是,那民歌悲悲切切就像历史的抽泣声了:"黑风顶住个上水船,多会儿教我抬头展腰活几天!"但歌声已渺茫了,如衬托着定边的深远背景:夕阳外,关河冷落,寒鸦数点。数点憧憬数点梦。

今朝好繁荣!人们喜笑颜开,心满意足,说:老先人没吃过的,咱吃了;老先人没穿过的,咱穿了;老先人没见过的,咱见了!困难自然还是有的。困难一数一些还不能温饱的农民,二数一些机关单位。机关单位穷起来穷得就像原始部落,不但发不了工资,连办公费都没有。但公总是要办的,于是有的干部就到人家单位转一转,要几页纸,吸一点蓝墨水。回来的路上,下班的时间还没到,他就被人拉走了。拉他喝酒。定边人爱喝酒。只要口袋里还有几个钱,就喝。不是借酒浇愁,因为他们心里打根就没愁。酒浇的是朵朵乐天红花。菜很多,还有主食。主食是开过粉红花的保持了白娘娘白皙肤色的荞面饸饹。但他们主要是喝酒。"喝着喝着狂放了,逗乐的酒曲唱上了。"——他们唱酒曲。他们唱酒曲。酒曲,这承袭着唐宋元的当代民间小令,又注入了诙谐的生气。酒曲骤然唱起。酒曲。酒曲。酒曲纷飞。男的向着女的唱:

说你是个婆姨你没结过婚，

说你是个女子你刮过宫。

自然是一片哄笑。而女的毫不脸红，十分机敏，如刘三姐易地而来：

说你是个老驴你不长尾巴，

说你是个人儿你说的是牲口话。

又是一片哄笑。哄笑如冲天爆炸，摇天撼地。颤颤碗碟。颤颤餐桌。颤颤脸和衣。颤颤屋和瓦。颤颤门两侧的木制红底金字楹联。颤颤楹联的上联下联。颤颤"年年十八"。颤颤"岁岁潇洒"。这颤颤的八个大字如被揭开的什么，如深藏于人体中的谜，如他们的精气神。

但也有冷落萧疏的一隅，那是新华书店。书店如歉收的瓜园，虽然有瓜，却是稀稀拉拉十颗八颗。有的也是凶狠的瓜，泛黄的瓜，缺乏营养的傻瓜一样的瓜。没有巴金的瓜，没有王蒙的瓜，更没有我的瓜。我虽然整年整年地辛勤播撒种子，但这儿没有我的位置。而瓜园被服装占了，被罐头占了，被日用百货占了。哦，定边，这时候，你是否察觉一个外来人一个散文作家心头的深重悲哀？然而我不怨你不怨定边。全国大风呼呼，你的瓜园何能避开？

但我终于看见满筐的上好的瓜了。不过那是真正从土地里长出来的瓜。卖瓜的是一个小女子，大约十一二岁吧。她穿着一身花衣，头上又扎个花箍，使人眼花缭乱；一望而知，是从乡下来的。忽听远处传来一个声音："噢——翠翠！日你先人的你的瓜卖了多少啦？"寻声望去。是一个汉子。翠翠便答："噢——干大！日你先人的我卖了四五斤啦!"这"日你先人的"骂人的话,掺和在问答声中,像歌曲中"呼儿嗨呀"之类的衬字。衬字毫无意义。毫无意义却透出了一股泥土杂草的热乎劲儿。我笑问翠翠:"你刚才怎么喊?"翠翠显然一下子便明白了我的意思,羞涩地笑道:"就那么个说法嘛!"翠翠卖的是一种长得很好看的香瓜,说叫"白玲脆"。哦,白玲脆,多好的名称!引人食欲勾人发馋的名称!这名称出现在粗俗之中,显得那么精致灵秀,如翠翠的不开口的容颜,如她的眼睛和嘴唇,如诗。不过名称虽好瓜虽好,我身上没带钱,只想看看便走。翠翠却突然挑出一个来,在衣袖上擦了擦,硬往我手中塞:"不是卖,教你尝尝。"我自是推让。翠翠说:"看这干大! 到我瓜摊前了,还能不尝?"我只得双手接下。接下的是天真女孩的厚道情意,是淳朴定边的不朽民风。

到了另一处,街道边,树荫下,围了一堆人,围了一堆人躬身俯首,看下棋。下棋的是一个老汉和一个瘦弱的中年人。中年人虽然瘦弱,却精神饱满。特别活跃,发出阵阵朗笑之声。一盘下毕,中年人下赢了,拍拍胸脯,自豪如胸前挂满了勋章,勋章叮当作响。正欲又开一局,中年人忽然瞥见了什么,站起身要走:"你们谁先下,我就来。"说着就走了。人说,他去买棺材。果然,那边一辆架子车上,拉着棺材。"给谁?""给他自己。""什么什么!?""他害癌症了,知道活不了几天了。"他走了。他走得雄起起的,买棺材去了。他自己给自己买棺材。平平静静,乐乐呵呵,甚至也有几分潇洒。他去了,去买棺材,如给自己购置新房。

哦,乐天的定边! 知天的定边! 与天浑然一体的定边!

■ 榆林如花隔云端

一千两百多年前,诗人李白曾经慨叹:"天长路远魂飞苦。""美人如花隔云端。"

五十多年前,我对榆林的感受也是如此。榆林是个塞上古城。它古典,精致,具有独特风采,却又难以接近。因为它不是畅露在那里,而是被严严实实地包裹着,一层风、一层沙地包裹在那里。要去一回榆林,着实不容易。

我第一次去的时候,从延安坐车出发,一半路程还没走完,老黄风就迎面袭来,能见度极低,汽车只能勉强蠕动。直到月亮升起之时,才到了榆林城郊,风也才小了一些,而这城郊又是一片沙漠,一眼望去,沙梁连着沙梁。

最近,我以老迈之躯,又一次去了榆林。虽然我腿脚不灵了,但时代却显得风华正茂,而榆林,完全脱下了它的层层包裹,喜盈盈地、大方得体地站在那里,迎接我走出列车车厢。我曾常去的老城,那老城里的四合院,四合院之间的窄窄巷子,都好一似"人面不知何处去",正在做着修缮保护。人们基本都已住进了周围新建的楼房。楼房之间,街道宽阔,常常有三车道或四车道,一派现代化景象。记得有一年我来时,好多单位都穷得发不开工资,买不起办公用品,有人上班之后拿上水笔,去到富一些的单位,求人家给他施舍点儿墨水,好回来办公。那时,榆林真是穷极了。可是,现在的榆林,治理了风沙,开发了煤和天然气等资源,成了全省的首富。人们的腰杆都挺起来了,好似都成了小说《白鹿原》中被黑娃看不惯的白嘉轩。

这一次,榆林的小吃,给我的印象太深了,价格实惠,味道醉人,花样繁复,什么炸豆奶、划菜、刀刀碗托、羊肉丁丁饭、沙盖拌圪瘩,简直是风情万种。不是我夸张,没有一种不好吃。其中有一种"霍了饭",原料是沙漠中野生的沙米,和风干的羊羔肉,加调料,在文火中慢煮三四个小时,其味道真是妙不可言。而那饭的名字,更增添了一层妙意。"霍"者,鸟儿在雨中飞翔之声也;"了"字的意思似乎不必琢磨了,仅那发音,就足够撩人的了,不但撩妹妹,也撩老汉。榆林的这些奇葩小吃,都让我的味蕾乐不思蜀。我的同事也是赞美连连,说是会终生难忘。

除此之外,榆林的陕北民歌博物馆,也给我留下了深刻的印象。这是榆林独有的一种博物馆。馆里的藏品已经相当丰富,刨出了黄土深埋着的千年文化老根。风姿绰约的讲解员姑娘,都有一副好嗓子,随口就可以唱一曲。这些年人们都会从荧屏上看到,陕北民歌歌手层出不穷,新作就像过江之鲫,在此,我们可以窥见其深层原因了。

而给我印象最深的是,榆林居然真的没有了沙漠。在榆林住的几天,我天天注意观察;在我回程去机场时,我一路都瞪大着眼睛,那确实是真真切切的,连一平方米的沙漠都看不见了。老黄风也终于被绿树大多消化了。

我回到北京之后,在网上查了一下,我发现,榆林又重新被包裹住了,那是一层一层的青山绿水,一层一层的陕北民歌,包裹着它。这好像意在表明,越是美好的事物,比如美人,越应该有些遮挡,犹抱琵琶半遮面。于是我想:在这些日子,我读的是一首朦胧好诗,榆林如花隔云端。

风雨起舞

这边风景

山，梁，峁，层层叠叠，千千万万，都是浑圆的形状，都是褐黄的颜色，都是一片空旷和静穆。但当春风吹绿第一条柳丝，抬头望去，山上，梁上，峁上，便都有了人类的影影绰绰的活动。阿拉伯数字的"1"是人，汉字的"一"是牛，"1"和"一"紧紧连接，相扶相持，旋下一圈一圈的美丽的纹饰，愈旋愈高，直旋上蓝天。山如此，梁如此，峁如此，千山万梁亿峁都如此，千山万梁亿峁都成了具有古风古意的朴拙的工艺品了。这时候，"1"被蓝天衬着，"一"也被蓝天衬着，像写在蓝天上的神秘的算式，让人遐想。算什么呢？是算"天上宫阙，今夕是何年"？但犁铧不回答，它只神秘地破着云彩。

陕北高原这样的情景，随着时序的更迭周而复始，与日月星争辉，与我们伟大民族的文明史等长，已经存在了五千年了。但翻开古典文学的书页，却没有一篇曾经给予描写。其原因恐怕主要是作家们很少涉足这里。范仲淹倒是来过，但他忙着指挥打仗；杜甫倒是也来过，但他是为了躲避安史之乱，以至于只能枕着一双随手脱下来的烂鞋，在路边睡个午觉，哪有心思去观察去欣赏呢？至于作家们为什么很少来，那原因是不言自明的：这儿太荒凉了，太贫瘠了。漫说古时候了，即使是现在，它的荒凉与贫瘠，也吓退了一批又一批的来人。

那陡斜成四十五度的山坡，要是平原上的人们来了，站都站不住。暴雨一下,土壤和肥料都被冲走了,每片土地都成了失血过多的病人。看起来田亩很多,但不打粮食;丰年还好说,遇上歉年,只能种八升打半斗。尽管如此,对于曾经养育了无数祖先和现在还养育着自己的这些山圪瘩,庄户人都倾注了无限的深情。"地种三年比娘亲。"他们说。他们欣喜地看见,就在黄漠漠的山洼里,就在不远的地方,像一团燃烧的火焰,站着几只嘎嘎欢叫的雄野鸡。哦,那羽毛,那尾翎,大红中又缀着绿,缀着蓝,缀着黑,缀着白,缀着一切挑逗人们情绪的鲜艳色彩,灿烂得让人惊心。能生出如此美丽精灵的土地,难道是可以厌弃的吗?

　　牛在走,犁在行,人扶着犁,紧紧地操劳在后面。不断翻起来的像波浪一样的黄土是疏松的,绵软的,柔细的,人的赤脚片子踩在上面,像轻微的电流通在身上,有一种妙不可言的感觉。比炕头上舒服多了。炕头上铺着什么? 一张席,或者再加一条毡。席和毡都是硬邦邦的。这里的庄户人把妻子称作婆姨,也许只有婆姨的肌肤才能与之相比。好啦,现在赤脚片子触着的,是土地的温热细腻的缠绵情意。但可惜,可惜那些城里人,他们无福享受这些大自然的温存。好多人以为赤脚走在海滨的沙滩上是惬意的,殊不知,赤脚踩在虚虚的黄土里,却要比那舒坦上千倍万倍。何况,海滨沙滩并不是每个城里人都可以去领略的。想起城市,就想起那坚硬的路面,就想起那被尼龙袜子和皮鞋包裹着的脚,人和大自然几乎疏远得不知对方的存在。而现在,人和大自然之间,人和土地之间,是那么亲近。其间没有水泥,没有柏油,没有鞋袜,什么也不隔,只有黄土与赤脚片子紧紧地贴着,黄土的情和人的心紧紧贴着,使人真正感受到了生命的美好。这样,山野间便一直有着自得的声音了。这个山上喊:"噢——回来!"那道梁上喊:"噢——回来!"峁上也在喊:"噢——回来!"这叫魂似的声声牛歌,是喊牛转弯,也似在召唤着什么,响遍千山万岭。究竟召唤什么呢?是真纯的人性?是朴洁的自然?谁也说不清。反正他们这样喊着。反正他们喜欢这样喊。反正他们喊起来很好听,并且使这苍茫的高原更加雄浑壮阔。那是地气和心气相通的声音啊。那是地气麻酥酥地通过脚掌,进入人体,与心气相化合,然后从喉咙里发出来的嘹亮声音啊。也许由于这声音的震响,一股磅礴大气便在天空回荡着,天空便孕育着风雨雷电了。

陕北的春天虽然还相当寒冷,但他们耕着耕着,棉袄脱了,只穿个单衫和老棉裤。晶莹的汗珠如宝石,装饰着他们的黑红脸膛。肚子饿了的时候,他们会条件反射似的望望炊烟缭绕的地方,那儿有柴垛,有窑洞,那儿是他们的家,家里有长得挺水灵的婆姨。哈!那一年成亲,几班子吹手响吹细打,可热闹了,一道沟都像过年。可是花轿抬到门前,新媳妇嫌他丑,不下轿,急得娘老子团团转。还是亲戚们精灵,也不去劝说新媳妇,而是向着他一拥而上,劈头盖脑乱打,打得新媳妇心软了,一扑走下轿来。新媳妇如花似玉,又这么善良,又有这么一副好心肠,真使他恨不得供上神龛。也是先结婚后恋爱吧,年长日久,新媳妇变成了地道的婆姨,婆姨看他人品好,劳动好,也就不嫌弃他,并且和他好得如胶似漆,现在,即使他要离婚,婆姨还不哩。婆姨把他看成一座最稳实的靠山,不论什么时候,只要一想起他,就有一种安全感。他望望他的家,心想:婆姨今天做的是什么饭?是剁荞面?还是洋芋擦擦?唉!她也许忙得连娃娃也顾不上管,娃娃又爬到猪食槽里去了，弄得满身满脸都是糠糊糊。那个挨砍刀的老母猪，可不敢拱了娃娃！不会不会。精明能干的婆姨，一定马上就发现了，发现了就捞起棍子打，老母猪一定吓得哼哼乱蹿。

太阳正端的时候，黑油油的小饭罐儿像镜子一样反光，一明一灭，婆姨们提着它，兴许还背着娃娃，送饭来了。他们呼噜呼噜地吃起来，婆姨们说不定也累了，就在他们面前撒着娇，说她这儿疼还是那儿疼，然后就躺在地畔，任娃娃抓着黄土玩耍。要是娃娃要吃奶，婆姨就解开衣襟，然后把娃娃揽进臂弯。

庄户人没有什么好吃喝。他们一年的吃喝钱，也许不够有的人一餐花销。处于大陆腹地的黄土高原，他们有的人不但没吃过鱼虾，甚至连大米都没有吃过。在电视上看到过失掉江山的戈尔巴乔夫。即使是他的生活，也一定比他们优裕多了。他们能吃什么呢？只要能进肚子就行。说来也奇，一切食物到了他们的肚子里，哪怕是又少又缺乏营养的食物，都会转化成巨大的能量。长途跋涉，走得又累又饿几乎要趴倒在地上的时候，吃一颗炒黑豆，他们又能赶十里路程。一颗黑豆到了他们的肚子里，就变成一克重水了，而他们的肠胃是核反应堆，它释放出来的惊人的能量，足以使山河为之一颤。

他们也知道自己的生活过得苦焦，可是，他们乐天知命，从无怨尤。他们出门三步就唱歌，缸里无米还要笑。他们从来没有城里人那么多烦恼。他们世世代代总结出来的人生哲理是："穷欢乐，富忧愁，受苦人不唱怕个球！"看来他们总结的是对的，我们看到的整个世界正是如此。那灯红酒绿的摩天大楼上，几乎每天都有黑影一闪而下，使喧嚣的街市上血迹斑斑；而他们，在这穷乡僻壤里，像

风雨起舞

那酸枣树一样,却活得愈来愈旺。粗粝的饭菜尽管可以导致他们普遍的胃病,却磨损不了他们的钢铁一样的精神。他们最能忍耐,一副肩膀,给八十斤挑了,给一百二十斤也挑了;如果再给三十斤,他们只皱皱眉头,最后还是挑了。他们自身清苦,有时候只能吃糠咽菜,却给社会提供了源源不断的谷物肉类。但他们也无所畏惧,谁也不怕,所以也活得自在。"他谁能把咱的镢头把子夺去?"他们说。他们不像城里人,特别是身居高位者,一有风吹草动,就惶惶然如鹿如兔。他们是自由天国的雄狮,从不知道世界上还有什么可怕的事情。其原因何在?那是因为他们耕种的山巅,其实只是社会的谷底,置身于此的人们,怎么会担心有摔下去的危险呢?

　　饭罐被他们呼噜空了。呼噜空了的饭罐,还端在粗大的手中,还要伸出舌头舔净罐口沾着的米汁和米粒。然后打着饱嗝,满意地望望婆姨;又忽然想起牛,说牛出力了,可不能亏待了它,要加足草料。后来又抱起娃娃,用胡子巴扎的嘴巴,亲他的小脸蛋。亲着怀里的小的。还念叨着家里的大的。也许还有一个正在上学。他们就是为这些娃娃辛劳一生的。待婆姨们走后,他们把静卧的耕牛吆喝起来,又耕地了。他们一辈辈从黄土中走来,生儿育女,红火热闹几十年,最后又会步履蹒跚地走入黄土。俗话说:"人吃地一生,地吃人一口。"那是很残酷的。但是他们知道,当自己被土地的牙齿咀嚼的时候,还有子孙在,他们的生命已经转移到子孙身上了,因而是无须悲观的事情。而人生的最高境界就是在那个时候,孝子跪下一大摊。这自然是落后观念,但一时半会还难以扭转,只能慢慢开导。可喜的是,愈来愈多的庄户人,已经开始变了。

　　火红的晚霞中，依然听见牛歌此起彼伏，依然看见他们吆着耕牛，成"卜"形符号，成古老的象形文字，在旋，在旋，旋出一圈一圈美丽的纹饰。被美丽纹饰装扮着的，是山，是梁，是峁，而山、梁、峁又装扮着扶犁的庄户人，他们是社会的最坚固、最耐久的根基。他们驾着牛旋着，旋着，时代便螺旋式地上升，上升向理想的极点。应该让晚霞泼红他们！应该让不论是哪个层次的人，看到贫瘠山圪瘩上的挥汗躬耕的他们，都感到灿烂得惊心！应该让整个人类都知道，由于他们的存在和他们的劳作，我们这颗星球上的一切地方，其中包括不毛之地，包括沙漠，包括无人区，都是包孕着无尽的希望的！

■ 看麦熟

　　肥沃的关中平原,向以盛产小麦著称。从头年冬到次年春,走到田野上,那儿十有八九都铺着日渐加厚的小麦的绿毡。而到了清明节呢,农谚说:"清明麦子埋老鸹。"麦苗儿比站着走着跳着的乌鸦都高了。于是,田野处处,不再是绿毡了,而是厚可盈尺的绿绒被了。而清明节又好像只属于唐诗人杜牧。自从杜牧吟了一句"清明时节雨纷纷",千百年来的清明节,就总是打着杜牧的印记,含着杜牧的声息,就总是杜牧的诗和雨啊,纷纷,纷纷。现在,几乎说不清是杜牧的诗还是清明的诗,杜牧的雨还是清明的雨,反正它纷纷,纷纷,纷纷上午,纷纷下午,纷纷晚上,纷纷第二天早晨的七八点钟,把一块又一块的绿绒被儿,纷纷成了贵妇人的床上之物,绿光闪烁,好不喜人。从此小麦就可着劲儿长了,那绿绒被便膨起来,膨起来,一天一个高度,一天一个样子,直至像隆起的海浪碧波,涛声震响。这时候,一群天真烂漫的娃娃,不知从什么地方逮到了信息,说大海最是好耍处,便一齐相约跳入小麦的波涛里,游泳啊戏闹,戏闹啊游泳。但高站于云端的太阳喊道:那哪里是娃娃呀,那是风!

　　风,大概被太阳的喊声所烫,不再是浑身湿淋淋的娃娃似的清凉的了,扑在人怀里热烘烘的。

　　忽然有那么一天,人们热得都想剥光了衣衫,转脸看时,迎风摇摆、一浪推着一浪、有时候还发出哨音的麦梢

儿已经黄了。

而麦梢儿本来是绿色的,像韭菜那么绿,像柳树那么绿,像野草那么绿,像它自身的叶叶秆秆那么绿,但是现在却变成黄的了。麦梢儿有了金子一样的颜色。最金亮的是那从裹着麦粒的苞皮间直刺上方的麦芒,根根都像正在放电的金丝,电火花在它的尖端闪耀。

麦梢儿的这一变化是一种信号,一种大动员的信号,一种摩拳擦掌的信号,一种龙口夺食的信号,一种即使是八十老翁也不能不下床的信号,它强有力地触动了每一个庄稼人的心。每颗心跳动的节律都加快了。而跳得最快最欢最美丽的心,却都装在婆娘们的肚子里面。

婆娘是关中农村特有的名词,一般都理解为已婚妇女。但据这儿的一些秀才说,在表述上还应有点儿限制,应该在"妇女"前再加上"较年轻的"修饰语,即"已婚的较年轻的妇女"。他们说,对于另外的妇女,关中农村自有另外的叫法。具体地说,是把未婚的叫姑娘,把结婚日久的叫老婆。他们又在深入研究中发现,这样叫,大有深意在焉。姑娘,姑且在娘家之谓也。婆娘,一半在婆家一半在娘家之谓也。老婆,就老在婆家了。他们为自己家乡语言的博大精深感到骄傲,说,这些称谓简直是妙不可言,它们十分准确地揭示出女性在不同的人生阶段上的不同特点。按照他们的界定,婆娘不期然地闯入此文中了。此文的作者从生活中看到,把自己的一颗心分做两半儿的婆娘,负重最多爱最多,应是女性人生乐章中的最绚烂的一曲,最具有人情味和人性美,是一种极致。

这不,看见麦梢儿黄了,婆娘们的心跳得最快最欢最美丽了。她们中有 20 多岁的,有 30 多岁的,也有的已经上了 40。她们立即想到了娘,想到了娘家的麦田。她们既关心娘又关心娘家的农事。她们都准备去看望看望辛苦了大半年的爹娘和兄嫂弟妹，同时分享娘家麦子即将成熟的欢乐。于是，她们都忙碌起来了：蒸馍馍，烙锅盔，采拔菜蔬，买香蕉点心。而丈夫也理解她们，公婆也理解她们：要置办什么，就让她们置办去吧；要什么时候走，就让她们什么时候走吧。咱关中不是有这样的俗话吗？"麦梢黄，女看娘"呀！辈辈沿袭如此，今天到了改革开放的年代，更应该由着她们的心性去行事了。她们则小曲悄唱，加紧了手中的活儿。前村的大伯找我干啥呢？商量一起引进新树种的事吗？大伯！过些日子再来吧。俺看麦熟去呀，忙得没一点点空闲！大伯刚走，哎呀，宝贝蛋怎么尿到炕上了？哎，我说咱家的那口子！这时候还看什么电视呢，你就不能帮俺一把么？丈夫赶忙过来了。多顺从的丈夫！她不由满意地抿着嘴笑了。接着手疾脚快地找篮篮，装礼物，梳洗打扮。——家家屋中大体都是这样。她们恨不得转眼间就能扑到亲娘的怀里。

　　过不了多久，广漠的田野上，村与村之间，大路小路，就到处都闪耀着她们的身影了。她们的肌肤有的粉红，有的微黑，有的如春萝卜般的细嫩，有的如秋白菜般的健康，真是摇曳多姿。她们有的去赶班车，有的去搭顺路的拖拉机，有的骑着自行车，有的步行，真是风情万种。于是，这麦黄天，野外，人都惊叹关中路。为什么？关中路上多婆娘。关中路上多丽人。关中路上多娇艳。但不管是婆娘也好，丽人也好，娇艳也好，反正是一次爱的出巡。田野是大片大片的黄的色块，她们是红的绿的花的波漾的曲线。色块不动，曲线飞逸；色块染曲线，曲线染色块；色块有了曲线的喜悦的旋律，曲线有了色块的成熟的神韵。而这一切是被馨香所浸透了的。要是这时候天上飞过一架飞机,那飞机上的驾驶员、空姐、乘客,也是可以闻见一股一股的香味的。尽管他们可以弄清香味来自何处,从而一齐把鼻子凑向下方,但他们哪能分得出哪是麦香,哪是婆娘们的体香心香?

当然天上并没有飞机。天是那么蓝,那么纯,只有几只鸟儿偶尔跃上跃下。蓝的天空的衬托之下,布满麦田的大地显得更黄了。大地焕发出我们民族的原色,它那么丰盈,那么辉煌。婆娘们就走在那原色之中。

因为丰收在望,到处的庄稼人被它所燃烧,田野上便此起彼伏地飘荡着吼唱秦腔的声音。婆娘们就踏着秦腔的节拍。

就是在那原色中,就是在那秦腔的节拍中,一个声音说:"父兮生我,母兮鞠我。拊我畜我,长我育我。顾我复我,出入腹我。"哪来的声音?《诗经》。婆娘们虽然不懂得《诗经》,但《诗经》里的这些意思,早就存在于她们的心坎里了。所以与其说这声音来自《诗经》,不如说是从她们的心坎发出来的。现在,她们就是奔着父母去的。那么,去去就行了吗?不! 一个中学毕业的婆娘说,谁言寸草心,报得三春晖! 于是她们想起了电视里常唱的流行歌曲《烛光里的妈妈》。那迷迷离离的 20 世纪的烛光,不就像千百年来的三春晖一样,使女儿们永远回报又永远无法回报得完么?

奔着爹,她们在走。奔着娘,她们在走。她们的急切的沾着轻尘的布鞋、皮鞋、胶鞋,她们的这些鞋踩下的脚印,千姿百态,千姿百态都是情,都是爱,情和爱南来北往地撒布在旷野里,一如总也开不败的夏的花朵。

一片胜似一片的麦子,常常逗引得她们不能不停下脚来。她们或者静看半天,或者干脆上前折下个穗穗,放在手心把颗粒搓下来,吹去皮皮,数数一共是多少颗,然后挑一颗胖嘟嘟的颗粒,轻巧地扔进红唇,用雪白的牙齿咬咬。只这么一下,她们就能估摸出眼前这片麦子能产多少斤上等麦,能磨多少袋特级粉,能擀多少案好面条了。心地高贵聪颖的她们,被关中大丰收的景象撩拨得晕晕乎乎的,竟至忘了此刻身在何处,以为自己的满口已是娘家麦子的芳香,所以已泼洒出千吨万吨的情意。终于恍然大悟,这哪是娘家的麦地呢,便独个儿笑了起来。嫣然一笑,如歌似的灿烂。但绝不吝惜泼出去的情意,娘家爹和丈夫都不是常说么,人不能太自私了,天下农民是一家。是的,也应该为别人喜欢喜欢。何况,娘家地土好,人又勤,麦子一定不会比这儿差,虽然现在还离了十里八里,还没亲眼看见,也应该提前为之开怀一乐了。

满怀的麦香。满心的快活。满鬓角的汗珠满眼睫的光。她们的身姿是大小雁塔上的风铃,引得这儿那儿的正干农活的男人们,不时凝神瞩望。男人们都知道她们是干什么去的。她们不是歌星影星,不是富婆,不可能给爹娘送去一叠存款单。但是她们的行为比存款单更加可贵。如果娘家的天塌了,她们便是女娲。如果婆家的天塌了,她们还是女娲。男人们都为她们而感到自豪和充实。由于她们的存在和她们的举动,即使今年的麦子歉收了,他们也是会不住地唱着秦腔的。世界上有什么比美好的心灵更令人舒心的东西呢?

婆娘们又喜滋滋地迈开脚步了。现在,娘正在做什么呢?是不是早站在村口的老椿树下等着我了?那么,爹呢?爹又在做着什么?爹性子急,一定是风风火火地联系收割机去了。但他也不会忘记女儿这两天要回来,一定会早早地赶回家的。爹娘都上了一把年纪了,女儿多么想能这回多住上几天,好给他们凑一把力,把麦子颗粒一粒不剩地收到囤子里头。可是,他们会答应吗?爹一定又会厉声吼叫:"哪有这种情理?快给我滚!"娘一定也又是柔声相劝:"好娃,听你爹的话吧,回去吧。麦忙天,谁家不是等着人手用哩。"而着实说,自己也不会放心得下婆家的事啊!婆娘,婆娘,婆娘的心里有多少牵挂,有多少矛盾啊!

那么,只能是回娘家看麦熟了。当然,这期间一定要敬一份孝心,要尽量多帮爹娘干一些事情,比如光场(把打麦场碾实压光)呀,比如缝缝补补呀,比如领着患老年病的爷爷上医院诊治几回呀,等等,等等,都给它干得妥妥帖帖,以期达到离开时可以少一些牵肠挂肚。

不知什么时候哼起了歌谣。再好的歌谣唱上三遍,就觉得有些厌倦了。但是,脚下的这条路,连接着分成两半的心儿的路,已经走过百遍千遍了,却愈走愈亲切,愈走愈爱走。自从缘分里亮出了这条路,这条路就是推土机也铲不断的路了,就和她们的生命紧紧地连在一起了。而且总是一边走一边在心里悄悄呼唤:娘啊娘啊,我回来了!

现在,广漠的田野上,村与村之间,大路小路,她们在走。无边麦田的金黄的底色上,她们的脚步编织着一幅最古老又最鲜活的关中农村的风俗画。传统和现实,古风和新意,在她们的身上结合得那么和谐,那么完美。她们望着麦子。她们也是麦子。她们是一株株能思考、有感情、会走动的麦子。她们呼吸着大气,装饰着田野。她们的心里盛满了沉甸甸的可以磨成粉、做成饭,可以营养上下左右的物质。为了感谢阳光雨露的深恩,她们急匆匆地前行。她们心灵的麦芒在前行中颤动着,辐射出最亮丽最动人的光彩。

锅 盔

从去年 11 月初到现在，我一直在陕西千阳县下乡。

千阳是个小县，面积和人口都是全国的万分之一。据一位著名的美术家的考证，千阳及其毗邻的陇县之间，是我们中华民族的摇篮，黄帝和炎帝都在这一带叱咤过风云。

千阳县虽小，饮食摊点却横了一条街。在这儿，使外地人惊异得两眼放光的，莫过于一种叫作"锅盔"的食品了。

锅盔，光凭这名称，就让人想起盔甲，想起猛士，想起金戈铁马的西部古战场。

锅盔的形状，又多么像这千阳大地，像这黄土高原：敦厚，雄浑，粗犷；可以载大树，可以负巨石，可以经受暴风雨的无情打击。

其实，在关中的许多地方，也都能见到这种锅盔。

锅盔是圆的，一有草帽那么大，桌腿那么厚。虽是细白的面粉烙的，表面却不光，如糙石一般。多重呢？少说也有十六七斤吧。

这么个家伙，怎么做呀？

揉面，不是用手揉，而是用杠子压；老头压也不行，要小伙子。压者满头淌汗，用的是拉大锯的力气。烙制的时候，要用麦秸火慢慢煨，煨两个多小时。熟了后，好烫，就慌忙扔到筐子里，咚的一声，惊天动地。使筐子久久摇

晃不止。

市面上的锅盔,总是用刀子斜着切下去,切成比平面大了许多的斜面,进一步夸张和炫耀它的粗重厚实。对顾主来说,这无疑是受了一次小小的欺骗,但顾主偏偏乐于接受这样的欺骗。顾主相信它是粗重厚实的,希望它更粗重厚实一些,这一刀便使他们得到绝妙的满足。

常见庄稼汉啃着这个家伙。而庄稼汉,有时穿着折裆扎腿的老棉裤,有时裸露着肌肉隆起像摔上几疙瘩黑泥的臂膀。脚下是浸满汗水和豪情的黄土高原。锅盔,庄稼汉,黄土高原,三者是和谐完美的统一。

冬季,载着麦秸的手扶拖拉机,从四野八乡源源不断地集中到这儿,又开往宝鸡。运送麦秸不像运送别的东西,码起的垛子体积极大,那真是载着一座山。打背面看,那山上接天下摩地,全不见人的踪影,机子的踪影,那山就好像自个儿摇晃,移动,飞跑。从正面望,巍峨一座大山,它的沉重无比的分量,简直像全都压到拖拉机手的身上了——其实也真压上一部分。拖拉机手一个个被压得低着头,弓着腰,时刻处于艰辛状态。他们也真苦。但是,凭着锅盔转化的热能,凭着惊人的吃苦精神和坚韧的毅力,他们还是跑了一趟又一趟。

倘问:下一顿饭,拖拉机手们想吃些什么呢?

摸摸口袋,如果还有钱,自然又向卖锅盔的走去了。

累极饿极的人们,啃起锅盔来,能不更加体味到它的香甜么?

那几乎是香甜的极致了。

关中味

　　不知哪辈子，也许可以追溯到大批工匠烧制秦俑的年代，关中农民和油泼辣子彪彪面，就结下了不解之缘。即使一年到头天天以此为食，他们也决不腻烦。他们几乎认为，所谓幸福生活，那完全是其他方面的事情，至于饮食，有一碗油泼辣子彪彪面在口里稀溜稀溜地受用着，便觉得天也蓝，水也绿，鲜花也似锦，自己则美活得就像个天字第一号的皇帝老子。甚至连一些出身于关中农村的干部、教授、工程师，也不能摆脱这种习性，一如他们的普通话里总夹杂着乡音一般。他们虽然已离家几十年了，生活也优裕，居室陈设一派都市气氛，但隔三岔四的，也不忘吃一顿油泼辣子彪彪面。尤有甚者，心性坚得如华山不可动摇，不管在家还是出门，非此面不吃。人家把他请到宴会上，他望着山珍皱眉，望着海味皱眉，好像那七碟子八碗都是他的前世冤家。要是主人知道个中原因，立即命厨师专门为他做一碗油泼辣子彪彪面端上来，他便会像诗圣杜甫闻官军收河南河北一般狂放，假使不怕有失体统，真要漫卷点什么东西了。也许就是满桌杯盘。

　　油泼辣子彪彪面，关键在于一个泼字。不是滴，不是淋，而是泼，像泼水一样泼。这就要求有较多的油。除油之外，还要有辣子和面粉。

　　烹饪也不难：先把面粉做成厚而韧的面片，煮熟，捞在大碗里,然后把一勺烧得冒烟起火的菜油——浪漫极了,看起来是一勺飘动的火焰,一勺激情的霞光——嗞啦一声泼上去。这就好了。一碗油和辣子撞击出来的香味。一碗丰厚而凌厉的刺激。香得很。

关中农村最美丽的景色,最使人感动、最使人难忘的景色,就是围绕这一碗油泼辣子彪彪面而展开的。

春天,你乘着火车,在关中平原上飞驰。你累得要死,不管车厢怎么晃荡,睡了一觉又一觉。

也许是前来倒水的列车员把你碰了一下,你不经意地睁了睁眼睛,昏沉沉准备继续再睡;可是这一睁之间,已有一股力量叩响你的心头,你为之震惊,清醒过来。你朝车窗看出去,啊!那么灿烂的颜色!那么艳黄的颜色!一片!一片!又一片!

那是盛开的油菜花。那是我们共和国国旗的五颗金星才有的颜色。擦着车窗,擦着睫毛,一片一片飞过。你的精神亢奋起来,再也睡不着,一任那浩阔的金黄向你劈头盖脸地喷洒。这时候,你如果吟出一首诗来,那每一行,每一字,每一个标点符号,都应是 24K 的纯金!

深秋,在关中平原的一些地方,在一些地方的公路两侧,几乎是一夜之间,矗立起一道又一道高墙。你在那高墙间的巷道上行走,怎么也走不到头,就像走进了一个人迹罕至的大峡谷。那高墙是绿的翡翠和红的玛瑙镶嵌成的,一闪一闪地发光。好奢华的墙啊!

那是收挂起来的辣子。你一定早已嗅到那火烈辛辣的气味了。天空射来的太阳光线,在辣子上磨过,都成了红热而扎人的细铁丝。连鸟儿也唱着带刺的歌。

在这儿,辣子,似乎不再是被人们一小撮一小撮食用的调料了,而是以十吨计百吨计的煤炭之类的东西。忙碌而豪爽的大卡车从这高墙间驰过,笛鸣三声,声声喊叫着:辣!辣!辣!而那高墙就像两排关中后生,哗笑起来。

小麦是关中平原最常见的装饰。它装饰着冬,装饰着春,装饰着初夏,以绿。广袤的田野因了它显出一派安详、温馨、无思无虑的气氛。快到端阳节,它开始成熟了,似有一把奇大无比的刷子,蘸着黄中透红的颜色,在那碧绿的平原上,以一分钟一个村、一点钟一个乡、一天一个县的速度,从东到西刷过去,从潼关刷到宝鸡,一刷刷了八百里。八百里淋漓尽致。

在关中大地上行走,想起这些深储于心头的种种情景,你不由想到,这片土地,是油泼过的,是辣子炝过的,是面片铺成的。这片土地,就是一碗油泼辣子彪彪面。

关中的忆念

　　我虽然离开关中平原好多年了,然而,时不时就会想起它。

　　想起它的时候,我的心里就是一眼望不到边的田野和村庄。这里有王维隐居过的辋川,有五陵少年引着狗跑过的田埂,有王宝钏和张洁都挖过的荠菜(一个是唐高官的女儿,一个是现代的馋丫头)。从这里抬头望去,视线没有任何遮拦,可以看到太阳是如何升起来,又是如何落下去的。太阳在跃出和沉落中,给多少云彩喷上炫目的色彩,使多少鹰鹞欢欣飞舞;即使空中飘的一根游丝,也会渴望亲吻这个世界。要是在"五一"节前后,广阔的原野上,一片又一片的碧绿的小麦,已经绿得不好意思再绿了,就想变着法儿装扮自己。大概经过一夜的交头接耳,临明前,每个都换了一身衣裳,一律是蓝色的:蓝芒儿,蓝穗儿,蓝秆儿。蓝在荡漾。蓝在摇摆。蓝在喧腾。蓝在滚沸。蓝在奔涌。它们在和海洋比谁更蓝一些吗?是不是想让鲸鱼在里面跃起?好像不是。估计是因为充足的水、肥和阳光,在催促它们苗壮。然而,这会儿却从苍茫高天,倾倒下上亿吨滚烫的热风,灿烂地撞在地上!于是热风吹起来了!热风在吹,吹,吹,吹拂,越吹越热,越吹越热,热得就像要着火了,连麦地里的蚂蚱都烤出香味了,几乎可以上餐桌了。然而小麦高兴,他们在热风中,手舞足蹈,忘乎所以,一个不小心,麦芒、麦粒和麦叶、麦秆，都皈依黄金了，成了金铸的田禾，都是金灿灿的。这时候的八百里秦川，在一片一片的田野上，虽然看不见板胡和梆子，但秦腔的音乐似乎在漫天演奏，镰刀和收割机，都像陕西戏曲剧院的演员，演出了丰收的大戏。

颗粒归仓后，玉米、大豆和别的杂粮，又出苗了，嫩绿如婴儿的哭声。关中的土地，几千年来，总是这么忙着，没有一刻可以休息。有时候真让人不能不感叹：我们把这块土地，实在给得太扎了！然而这块土地，却总是默不作声，如同慈祥的母亲。

关中人常说："火车不是人推的，十三朝古都不是咱西安人吹的！"别嫌他们口气太大吧。经历了十三朝文化的熏染，连脚下的黄土都牛得不得了，哪一粒土中没有古文化因子？如果拿它的地下文物衡量，它可以说是稳当当的全球第一。不信你就用当今世界上第一强国美国比比，不论在它的哪个州，你用力去挖吧，就是挖遍每寸土地，也谅它挖不出几丝惊艳。可是在这关中，你只要挖下一镢头去，就会挖到某个朝代的玉玺龙袍；再挖一镢，也许就能挖出另一朝代的琴声鼓声马嘶声。整个关中平原，是复式结构，上层是庄稼、房屋、烟火、手机、影视；底层是美丽的纹饰、精美的印章、蔫不了的情感和文化。修机场时，居然挖出3 500座古墓，其中就有太平公主、上官婉儿的玉体；修地铁时，建筑工人的挖掘机，和考古人员手中的洛阳铲，都忙得不亦乐乎，更挖出了雍王都城废丘。不管哪里动土，都有文物发现。如果要问：在关中，什么人儿最苦恼？除了建筑业施工者没有第二！进度慢如蜗牛爬，因为总有文物绊路，一山放过一山拦！假如再问：在关中，什么人儿最辛苦、最忙碌？不用费神了，无疑是文物局的干部和考古队员！他们的任务总是那么艰巨又那么接二连三！从战国到秦，到汉，到隋，到唐，到宋元明清，无数文物都已耐不住寂寞，争着抢着要见阳光，几乎动了拳脚，打破了头。所以，这里的文物局和考古队，整年忙得鬼吹火，成了全球最忙的文物机构。即使那些遍布西安南郊的高等院校，每一所都曾是考古现场。

在西安，现代化建设的脚步常常与传统文化碰撞。这碰撞，有时相当疼痛，修建什么都费时费力费资金；但，疼痛中也有大快乐。地铁九号线艰难地修成后，人们编了一出穿越剧，李斯叩见秦始皇，报告喜讯，秦始皇龙颜大悦。可是车站人员还要他们过安检，始皇大帝震怒了："你好大的胆子，信不信抓你去修长城！"

在地铁的每一个站上，都有与此地出土文物相匹配的壁画长廊。古与今的和谐统一，在这里得到了生动的展现。

除了这些，还有别的风景。只要放眼看看，就能看到蓬勃活跃的时代画卷：列车飞驰，阡陌纵横。垒垒帝王陵，煌煌新楼宇。民营企业蓬勃发展，大专院校遍布郊区。闸门放水般的改革开放热潮，红日跃出秦岭似的高新开发区。

近代陕西才子、中国著名学者吴宓，曾经概括陕西人的性格是：生、冷、蹭、倔、犟，就连吃也不例外。人们或许见过西安籍演员张嘉译、闫妮的吃饭视频，手里端的是粗瓷大老碗，碗里盛的是裤带般宽的油泼面，他们一男一女，都是狼吞虎咽，好不威武！

著名作家柳青写的中篇小说《狠透铁》，对陕西人的性格，是一种极好的诠释：一个农村的"老监察"，坚持原则，处处为群众着想，简直到了狠透铁的地步。"他那份虔诚，老天主教徒对上帝也比不上的。"

关中平原俗称关中道，更可以骄傲地称它为八百里秦川。它的白菜心子是古都西安。西安烟霞绕楼，霓虹洒街，古建新居，鳞次栉比。高校众多，高水平的作家众多，艺术人才众多，热衷于书画的人们众多，文化氛围浓厚。人们打趣地自诩：半城文化半城仙。

西安人喜欢吃辣子，要是爱你就爱得昏天黑地；西安人爱吼秦腔，要是骂起人来，比吼戏还狠；西安人说话总是直戳戳的，而心地却实诚善良；西安人勇于打拼，要是认准一件事情，就会生猛倔犟地干起来，翻江倒海。

如果说西安城，是用青砖砌成的，毋宁说，它是用合金铸就的一个魔幻盒子。即便是从西湖边移来一株温婉的小草，过上三年，它也能变得有了些雄豪之气。20世纪50年代，从上海迁来的交通大学，它的男女教授们，他们来的时候还有些娇气，可是后来，一个个都成了虫咬不了、水沤不烂、火烧不着的撑起西部天空的栋梁。

西安的羊肉泡、水盆羊肉、秦砖、汉瓦、碑林、埙以及秦兵马俑的浩荡阵势，总是绕着我的视听，丰盈着我的生命。我在西安度过了人生的青壮年时期。这里留下了我此生最深刻的记忆。我真切地感觉到，生活在这里，我十分舒心。我的家乡虽是陕北，但在西安，我已不是身处异乡，我早已成了地地道道的西安人了。

无事的时候，我总喜欢发点儿呆，静思默想；越想越觉得西安可爱。几十年生活在这里的我，燃烧着一颗争强好胜的心，为我所钟爱的文学奋斗不息。我想以自己的血汗，传承古都的文脉，实现理想中的真美大美。这里人间情事虽然繁复纷杂，但我的要求极为简单，一碗葫芦头和一台电脑，就是我的幸福。写累了，呆呆地坐下，坐在张学良和杨虎城坐过的地方，抬头看看房梁上沿着细丝吊下来的蜘蛛,也是一种乐趣。令我高兴的更是,这里有许多和我志趣相投的人。我们常在这里切磋创作,也开玩笑,笑声朗朗至今犹在耳畔。但唐时明月还在天上,李白不知活了多少岁了,一不留神还会出现在我的面前,至今还一身酒气。我定睛看他时,他狂放的身影摇摇晃晃,挥手咕哝道:"我醉欲眠卿且去!"让人难以下台。然而唯其如此,我更喜欢他了。

在时序的更迭中,关中大平原,红了的在风中打着呼哨的高粱,嫩绿的刚出土的豌豆,以及团团雪白挤出棉桃的棉花,轮番辉映着我的脸庞和衣裳。喜鹊飞来飞去,羽毛的色彩简约而美丽。

闷热的夏天傍晚,人们聚集在城门洞子左近,自拉自唱,吼一吼秦腔,以此来消暑。要是来点浪漫的,月上中天,步上城墙睡一夜,让吹过十三个朝代精华的风,挨个儿从你的身上吹过。如果有幸做梦,梦境中肯定有弦歌妙舞。这时候你会猛然意识到,这厚厚高高的古城墙,里面包着多少幸运啊。

到了第二天吃饭的时候,满房里飘着岐山臊子面的酸辣香的气味。碗里是宽爽的汤,汤里呢,红的是胡萝卜,绿的是蒜苗,黄的是蛋皮,黑的是木耳,白的是豆腐,看一眼都教人食欲大开,不知是吃饭还是审美。

人一生若在关中生活过一些年月,每每回忆起来,嘴边定会泛起笑意。

■ 雪中婚宴

　　雄阔的陕北高原。纷纷扬扬的大片子雪花，从灰蒙蒙的天空倾倒下来，到处一片洁白。山呀，塬呀，梁呀，沟呀，河呀，路呀，村庄呀，这一切都难以分清，一切都失去了平日里显著的界线。整个世界仿佛都结冻了，没有了一点儿活气。可是，在一正在办喜事的人家的院子里，人们围着一桌一桌的酒菜，正在动着筷子，正在宴饮。雪就像给简陋的餐桌上铺了一块块洁白的桌布。

　　那场面别致极了，所有人的头上都落上了雪，他们的黑发就像浓白大雾中露出的一些模糊的林梢，只有白发老者的头上看不见雪的踪影；人们的蓝的、黑的、花的棉袄，也都被白雪逐步吞没，而原先的颜色，只留下一丁点儿了。有的人戴上了连衣帽；有的人把大棉袄顶在头上；还有人却被特殊照顾着，主人找来两三把伞让其打着，不用问，那伞下定是些年轻婆姨，怀里还抱着乳毛未褪的吃奶娃娃。

　　院子边横着的一根圆木，已经变得又白又胖。

　　虽然刚端上来的菜肴顷刻就变得冰凉了，虽然伸出的筷子上都落上了雪花，但是，正在宴饮的人们，没有一个人紧缩脖子，因为他们骨头里在往常的岁月磨砺中储满了的生命烈焰，此刻正好散发于周身，仿佛周身正需要借此降降温的。

　　人们乐滋滋地大声猜拳了。还有人唱起了酒曲。

但主人还是满怀歉意的。他走上前来说：

"唉,天气预报不准确,这雪又来得太突然了,没来得及出去借帐篷布,抱歉抱歉!"

众人一哇声地说：

"没甚! 没甚! 其实天冷能让咱多喝上几盅,好事一桩!"

记忆中,陕北的各种较大的筵席,都是在院子摆开阵仗的——谁家能有那么多那么大的窑洞啊! 近些年生活好了,不少人纷纷改在饭店举行各种饮宴,那当然显得高档了,优雅了,但是,我却也还是乐见这几千年流传下来的陕北露天饮宴,特别是这我此生头一遭碰上的雪中婚宴,它是正史野史中都不曾记载过的故事,它对我的震撼太强烈了,我太喜欢它了。它所展示出来的人与大自然的完美融合,人的精神世界的旷世璀璨,足以让我沉醉三年!

襁褓里的婴儿尽管有雨伞遮挡着,但是他稚嫩的小脸蛋上,还是落上雪花了。

是的,在这块苍凉的土地上,总有许多的不如意、不安逸、不舒适的事情,然而,正是这些事情,比如这婚宴中撒在人们头上的纷纷落雪,其实它们每一片都像一把明晃晃的雕刀,它们是在雕琢着强健的灵魂。"艰难困苦,玉汝于成。"我想,这襁褓里的几个婴儿,绝不是绽放于温室的花朵,长大后只要能受到较好的教育,必会不同凡响!

想想吧,曾经有多少柔弱的青年从全国各地来到这儿,最终炼成了钢铁战士!

我深爱着我的这片故土。

望着面前的粗犷质朴的雪中婚宴,我国古代诗家的无数对于雪的精彩形容,注满我的心头。于是,我看见,千朵万朵的梨花,装饰着这一婚宴(梨花有着新娘不敢奢望的婚纱的清纯之色);千颗万颗的盐粒,正在供婚宴的厨子们煎、炒、炸、烩(好厨子一把盐哈);千只万只的白蝴蝶,欢舞着,旋转着,飞来,飞来,落在婚宴上每一个诗情盎然的温热的地方(谁不喜欢这喜庆的精灵)。

一碟一碟的热腾腾的菜肴,不断地放上桌来,而就在这一放之间,已有数不尽的雪花融入其内,给这些菜肴增添了几分大自然的香醇。而人们的筷子夹起的,应是这天地间的精气,应是辈辈祖先们遗传下来的勇于吃大苦耐大劳、勇于战胜艰难险阻犹如左近的壶口瀑布一样永在沸腾的奋斗精神!

这精神,与柔弱无缘,与萎靡无缘,与颓丧和消沉无缘。

我猛然想起了中唐诗人卢纶的《塞下曲》,便向着大伙朗吟道:"欲将丸子夹,大雪满碗筷。"引起一片笑声。

凌空降落的雪花是水在做着最浪漫的游戏吧,它飘飘悠悠地从天上落下来,一接近院落就被沾上了红烧肉和炸油糕的浓香,而它又带着这浓香把每个宾客都塑成了雪人,而众宾客,又以浓香的银白,与雪的院子、雪的村落、雪的山野融为一体。世界上往日纷纭繁杂的色彩,似乎只剩下单一的白色了。

陡然间,像有一团火燃烧在人们的眼前了。啊,好红好美的火焰!那是穿了一身红的花容月貌的新媳妇哟,这火焰。她浅浅地笑着,两腮都漾动着一个美丽的酒窝。雪落在她的眉睫上和酒窝里。她和新女婿一起,迎着飘扬的雪花,红红的火焰一般,前来给宾客敬酒了。白的背景下,妍红的妩媚的火焰烧过来,一桌桌烧,挨个儿烧,柔柔的手儿端着酒杯,敬你一杯,敬我一杯,敬他一杯,这火焰,好红的火焰,在白的背景中款款而烧来,携着喜庆的暖暖温度。这时候,满世界只剩下红与白了。红与白的强烈对比,给了人们多么巨大而隽永的愉悦啊!

风雨起舞

叮咣锻打

这片沃野,出小麦,出玉米,出一眼望不到边的蔬菜,还出杏子和柿子。

这片沃野,也出过一些成语和故事,例如泾渭分明,柳毅传书等。

这片沃野,叫作泾阳。

现当代的好几位引人瞩目的文化名人：于右任、吴宓、李若冰、雷抒雁、白描,也出在这里。如今于右任、吴宓、李若冰、雷抒雁,他们给这世界留下了丰厚的思想和艺术,都已作古;唯白描这棵葆有青春的树,枝枝丫丫,花开正红。他热爱这片沃野,从鲁迅文学院主事人的位子退下来,立马回到这里,汲取灵感,埋头写作,推出了一本抒写家乡的皇皇巨著：《天下第一渠》。

当人们正在阅读和品味他的书时,他却又投入了另一场劳动。

叮！咣！叮！咣！火花四溅！

他和泾阳的一位铁匠,奋力打铁。

白描抢着老锤。

一块烧红的铁,被他们死死地摁在砧上,来回锻打,又翻转来锻打。锻打！锻打！叮咣锻打！每一锤都是那么狠,都是那么气势磅礴,暴雨雷霆！

铁被打得遍体鳞伤,火焰般的铁屑落地变黑,而铁,已在巨痛中逐渐得到变形和升华。这是凤凰涅槃,浴火重生,为求铁的成器而强壮。

白描的膀子上,隆起了肌肉疙瘩;白描的额上,汗水滚落;白描的肋间如波涛起伏,那是他的肺在紧张呼吸,他在喘息。

一个曾经的文弱书生,忽然间李逵起来。

我已85岁了,作家打铁的场面,我是头一次看见。

白描打铁所产生的冲击力,令我激动不已,难以自持。

我似乎看见,一缕又一缕的历史云烟,从我们这颗蓝色的星球上,滚滚而过。旧石器时代来了,又走了;新石器时代来了,也走了。接下来是青铜器时代。而铁器时代的出现,已是两千多年前,正好是春秋战国,也就是白描刚写过的兴修郑国渠的年月。兴修郑国渠,工程浩大,十万人参加,每天该会用坏多少工具,而白描此刻的行动,活像是为郑国渠出力。我猜想,白描在抡着老锤的时候,脑子里一定会想到这些。

当蒸汽时代到了之后,与它伴生的《国际歌》,一直在这么唱:

> 我们要夺回劳动果实,
> 让思想冲破牢笼。
> 快把那炉火烧得通红,
> 趁热打铁才能成功!

好啊,咱们就烧!就打!

在悲壮激越的歌声中,泾阳竖起了一座党的光辉浸透的革命丰碑:安吴青训班。

多少仁人志士,多少英雄儿女,投身到革命洪流中去了。他们一直奋斗到改革开放的年月,初心依然像块永不生锈的金子，闪闪发光。我猜想，白描在抡老锤的时候，脑子里一定也会想到这些。

往昔和今天，历史和现实，透过白描手里的老锤，在铁匠炉前，在铁砧上，得到了和谐的交融。

这是充满力感的雕塑，线条粗犷。

这是震撼人心的打击乐，震响在时代的交响乐里。

这是火与铁的热舞，直逼生命和灵魂。

它旋律优美如海的波涛，节奏铿锵似历史的巨轮在滚动。

它演绎的是一种传承千年的工匠精神，内心笃定，永不退缩，求索极致。

法国大作家左拉曾在作品中说，因为看铁匠打铁，他的病居然奇迹般地好了。我虽然还没有到达这一地步，但是，白描打铁的健美姿态，确实震撼了我，给了我力量；我觉得我年轻了好几岁。

白描的怀前虽然有围裙，但是在打铁中溅起的火花，还是向他的两臂、颈部和脸上，直奔而去。我看见一簇火花，已经烧进他的肌肉里了。他好像成了一块钢铁。而从他皮肤上沁出的汗珠，在炉火的照耀下，都像灿烂的火花。

一层一层的火花，溅起来，溅起来，溅成了流星雨，好不璀璨夺目！流星雨装饰着他，他何其美丽！

无数的星星拱围着他，他好像站在星空之中。

白描浑身大汗淋漓，忘情地抡着老锤，他在说：

"我也是在锻打自己！"

好样的，白描！

生命，永远需要不息地追求。

记得有一首诗曾说："敢迎烈焰方成器，不鼓清风怎铸魂？"我想把这两句诗，送给白描，送给一切有志气的劳动者，并向他们致以敬意！

高低陕北石

  陕北属于黄土高原,缘此,有些人便以为,陕北是被黄土尽覆,没有什么石头。那是天大的误会。黄土只是陕北的肉,陕北哪会没有骨?陕北,是一条刚硬的汉子!

  在我国一代代传下的山水画里,莽莽苍苍翳翳垒垒,是不绝的山和不绝的山上石头。米芾曾跪拜石头。那是有缘由的。石头可以说是天下至尊。山岳丘陵,无一不是石头,而地球,也是石头,一块最大的石头。石头载土,载水,载风,载云,载众生,载着一部人类史,沉雄,坚硬,厚实,人在其间伸展性灵。

  陕北的石头含着雷电之光,粘着牛羊踩过的黄土,遍布山川;大大小小,高高低低,有的摔在河谷,有的吊在悬崖,有的被树根紧勒肌肤。亿万年来,它们总是裸露在西北风中,大雷雨中,烈日暴晒中。西北风,大雷雨,烈日,网织的深重苦难,教会了它们的生存本领,也磨锐了它们的精神颗粒。它们陪伴着轩辕手植柏,它们是从莽原上、从古歌里长出的人类脊梁。

  陕北的石头虽然缺乏大理石的精细纹理,但是,它们是另一类的粗犷霸气的美。它们刀劈斧砍的棱角,那刺破黄土层的棱角,只能用毛辣二字形容;它们刚硬流贯的线,那骨力感、顿挫感、节奏感极强的线,除了天才画家石鲁,没有人能够把它描绘出来。石鲁之所以来过这世上,那是上苍和他有约,让他画几笔陕北。那几笔确是不同

风雨起舞

凡响,画出了陕北石头的真魂,恢宏磅礴。

宝塔山山根的石头,就是如此。几代青年初见它的时候,都像李白诗里的实词虚词,激动得跳跃欢呼。这石头上的面和块,没有笔墨和宣纸之气,是铁打钢铸,是史前洪水的凝固。在这里,我多次赏读过范仲淹的八字隶书:"胸中自有百万甲兵。"这既是小范老子的自信和自豪的倾吐,也是他对这些石头的讴歌。这些石头所显露出的强劲力量,就是百万甲兵。若非如此,巍巍宝塔山,何以能被托起?其实,清凉山也是由石头托起的,陕北的一切山悉是如此。石头给陕北群山,每座都当了沉稳高雅的底座。本来,陕北的山都是些黄土疙瘩,可是,这样的底座一垫,它们就都像贵重文物了。

延安的城墙不是用砖砌,而是用石头砌的。感谢斯诺夫人,她曾面对这城墙拍过照片。那时厚厚的雪盖在城墙上,但是,难掩石头的质感和气色。而我,按照拍摄的时间看,就是降生于那照片里边。我有幸且自豪。我最先看到的世界,是炕头上宠物一样陪我的小石狮,然后是石床、石桌、石凳、石碾、石磨,甚至还有明五暗二的石窑洞,石穿廊挑檐。上学时我走到清凉山下,看见一湾摩崖石刻,其名字俗中见雅,叫作诗湾。诗湾之下是延河波浪,浪拍古城拍出了石磬之音。而一块块就地取材的好石头,实锤细雕,镶满了延安街道的路面,砌出了窑洞的朴拙和满城的石头纹理,诗意歌情。有朋友曾问我:你为何能成为作家?你的作品为何充溢着阳刚之气?我说:那是因为延安的石头,和我的灵魂发生了神性的反应。

延河、洛河、无定河、窟野河和黄河,都奔流在陕北的大地上,切割着陕北的石头。切面上,隐现出煤、石油、天然气的丰富存在。那石头上的每个块,都是一个能量团,可以成火，可以成风，可以拱倒炼狱。如果不是如此，信天游中哪会产生"千里雷声万里闪"的句子？

陕北有一个县名，水意溶溶，那是清涧。清涧的石板，和米脂美女齐名。它一层层地生在那里，发育在那里，成熟在那里，在山根河畔一叠一叠；宛若竹简，宛若册页，宛若八百线装的经典，宛若两万新印的课本，使山河充溢着书卷之气。

如果说，别处的石头都是古典散文，那么，清涧的石板就像南北朝的庾信写下的骈文，对仗工整，声律一如神曲。那一页页石板一页页书，一页页骈文，仿佛一阵轻风就能把它们哗啦啦吹起。但是轻风且慢，你不觉得你的指头有些软吗？它们虽然页面平整，薄厚均匀，质地细腻，但是，翻它们的指头应是铁，应是铁的无敌撬杠。

有的石板上的纹理，俨然名家的书法，铁划银钩，力透石板，那应是柳青的失落的信札。

除了书文信札，这石头里还有美术作品。神木的万镇山上，奇石遍布，宛如举行着雕塑展览，一件件浮雕圆雕，有如出自米开朗琪罗之手。它的形成，除了风雨的剥蚀，还有黄河水汽的万载渗溶。受伤愈深，风姿愈美。在靖边、甘泉和志丹，丹霞地貌魅力无穷。它是石头的云霞飘逸，它就像仙女的缎披肩不慎落下，它就像红葡萄酒流淌的起伏波浪，它更像万物共做的迷离的梦。我是一个唯美作者，看着那些线条的整齐繁复华美出奇制胜，看着那些色彩的玄幻飞扬大胆淋漓，我叹服且歉疚羞愧。

在绥、米、子州一带，有女就有巧媳妇，剪得一手好窗花；有男就有好石匠，三个石匠里，就有一个石雕艺术家。他们的身上是有遗传基因的。四千年前的石峁遗址石雕，两千年前的汉画像石，就是他们祖先的创作。那些朴拙而又浪漫的作品,滋养着他们的艺术悟性。雕石者被石粉的云雾所缭绕,时隐时现,有如仙境里的神。他们和石头共着脉搏。他们和石头做着量子纠缠。他们脸上的纹路融进石头的纹理。他们在四溅的火花中,让石狮子抖着鬃毛威武成型,他们的心跳激活了石狮子。他们喜欢,石狮也喜欢。他们就像古书记载的图景:"击石拊石,百兽率舞。"

志丹的永宁山,是一块囫囵石头,一块万吨之美。它满身通红,奇崛高大,一仰难尽。虽然火炽的革命已成过往,但永宁山至今还是一派血火之色。它连通着中国文化的气脉。刘志丹就是在这儿举旗鸣枪。我父亲的人生也曾火烈在这里。山下的洛河,在这儿来了个大回环,似在揭示:永宁山不止是一块奇石,它还是一通可圈可点的风云巨碑。

永宁山的发亮石阶,曾把我引向辽阔的天空,让我看到被晚霞烧烂的远山,听到落日入山的一声远古大音。它荡涤了我的肺腑。石头上的横线竖线转折交错,使我莫名感动。我下山后回眸一顾,眼睛里的斑斓虎影,磊落威武,顾盼自雄。

佳县也是一块囫囵石头,石质的香炉寺,犹如一个石雕的县徽,雄踞于黄河之上,石山之巅,近旁就是县城。佳县人俯仰石头,敢于碰硬,在石上采石,开渠,见缝插针地栽种枣树,兴建工业,经营商店;佳县被人称做铁佳州。

从佳县城的东坡走下去,满眼威威赫赫,那是秦晋大峡谷,黄河的浪涛一刻不停地飞溅,一眼看不尽的石崖上,发出阵阵不息的回声。石崖上的铁云一样的岁月纹理,斑驳陆离,参差纷杂,鬼斧神工,就像神话传说或地质史。在这儿,你会联想到火星的地貌,你会联想到古希腊的神庙。石头使人懂事,自知,谦卑。从这儿南下数百里,就是惊雷爆炸一样的壶口瀑布。瀑水狂泻,瀑石威严。十里龙槽,水石长啸。这些石头,有如在炼丹炉里炼过,"紫色内达,赤芒外射",随时可以搬起补天。露出水面的一组石头,已经成了浪涛的模样;而浪涛的所势,就像一块块石头。石头和水,共同造成了瀑布的壮观和伟力。在瀑布中,时时有《黄河大合唱》爆起,其烈度,速度,猛度,震撼力,惊天动地。这是一个民族的感情大燃烧,是天人合一,是人的精神穿透了石头和水,而石头和水,都带着人的志气血气,和人们一起燃烧。

人们常常刻名于石,企望不朽,殊不知在风吹雨打中,名字也会掉下来。只有像陕北石一样的身连大地,支撑群山,才会与世界同在。

风雨起舞

陕北石匠

在辽阔的黄土高原,在我们的眼前,是一大片堆砌的石头。这些坚硬的石头、亘古不朽的石头,被一些强壮的陕北汉子相中了,他们决心向这些石头发起挑战,把它们雕琢成可堪使用的物件。

与坚硬的石头相比,再粗壮的陕北汉子也显得太柔弱了。石头存在亿万年了,而他们只是这世界上几十年的存在;石头经历无数次的雨打风吹也依然完好无缺,而他们若不幸染恙,就有可能需要休息好几天。

早在4 300多年前,他们的祖先就在一片苍茫中开山破石,建造成了石峁古城。1942年,在大生产运动中,他们的先辈在延安开山破石,建成了可以和欧式建筑相媲美的中央大礼堂。今天,他们亲手开山破石,让无数高楼平地崛起,巍然峨然。他们每人吃一顿饭,二三斤剔骨羊肉可以一扫而空。他们从石层上开凿下重重的大碾盘,一个人也能用铁钎把它揭起来。现在,随着轰隆隆的几声巨响,石头冲天而起,又纷纷撒落下来,若天女散花般落了一地。

是他们,破开了石头,雕琢着石头。

他们大都当过放羊娃。他们现在看见这些乱石,觉得每块石头都像绵羊,绵羊的耳朵好像还在动,绵羊好像还能发出咩咩的叫声。他们笑着摸了摸石头,要跟这些乱石作一次长长的对话,要让这些乱石为多彩的愿景添上最美的一笔。反正不管怎么看,他们都像一群艺术家。

自古以来,我们中国的建筑多是用木材作原料,亭台楼阁,秀气典雅。而在陕北,天旱少雨,木材稀缺,就因地制宜,砌筑粗犷的石窑、石墙、石路、石塔。除此之外,石头的物什举目皆是:石磨、石碾、石槽、石钵、石臼、石灶台、石凳、石桌;还有石头的艺术:石窟、画像石、摩崖石刻、石牌楼、石狮子。缘于这些,在黄土高原上,成就了一批好石匠。

而现在,在眼前,是一片已被打成方形料石的世界。他们坐在石头上,每人一副铁锤和钢錾,进一步打凿石头。四近的草木,一滴露水也没有,全都昏昏欲睡。天上呢,无风,无云。烈日如火,炙烤着他们,他们被晒成了黑人。汗流浃背的他们,燠热难当,遂脱了背心,背心的印迹却在,那印迹白得抢眼。太阳又炙烤着他们的"肉背心",那"肉背心"又在慢慢变黑。

"哐哐哐"的声音震响在山谷,他们在打石头。

气出丹田,流转腕指,既用蛮力,又使巧劲,铁锤起落,石末四溅。料石上,该錾的錾掉,该留的留下,道道纹路,构成了美丽的图案。不知何时,歌声起,一人唱,众人和。歌的节奏就是打石的节奏,严丝合缝。那是劳动之歌、旷野之歌。他们以歌声调节呼吸,调节情绪,消解疲劳,互相鼓舞。他们虽然性格各异,有的张扬,有的低调,有的幽默,有的不苟言笑,但他们都很自信,他们的心里都有一片滚沸的激情,他们都在凝神笃志地打凿着石头。

在他们手下,石头在变化,石头在重生。他们的歌,是力量的张扬,也是信心的展示。

他们的歌,越唱越响。山川、大地、树林、草木也跟着律动。当他们唱到最动情最亢奋时,仰头向天,物我两忘。这时候再看看他们吧，他们目不视手，他们的眼睛好像只是在望天望云；他们动作纯熟，游刃有余，完全成了盲打盲敲，但手下却锤锤都准确无误。他们唱着打着，打着唱着，越唱越忘情，越打越迸发出生命的激情。

　　在铁锤和钢錾的伴奏下，在动听的歌声中，月亮升起来了，月光如水，泼了满地，也泼在石头上。月亮只是反射太阳之光，而他们是自发光芒的人。他们比月亮更明亮更温暖。他们都进入了无我状态。他们只是在唱在打，觉得眼前石，尽是补天余。

第三单元　延安交响

叱！叱！羊起！

《诗经》里有一句诗，越数千年而不衰，似今天的幼儿所写："羊牛下来。"好简单好明白的话也！在这儿，那数千年间不见了沧桑，那秦汉唐宋元明清，是一片虚无了。历史，好像是从孔子的脚下，一步就跳到今天的。语言的演化，有时候就像原地未动。

"羊牛下来"是什么样子？《诗经》在另外一首里，还有具象描写："济济跄跄。"只这四个字，你脑子里马上就会出现一幅生动的画面。牛羊众多，步调一致，美得就像一支仪仗队。这时候，你不能不想到，翻开我们现代的种种名著，它们在描写群牛群羊的时候，所用的语言，为什么显得那么寒碜？这反证了我们祖先的语言，实在厉害。

《诗经》，不愧是我们民族的诗性开端。

后来写牛羊最好的诗篇，莫过于我们的兄弟民族的敕勒歌。"天苍苍，野茫茫，风吹草低见牛羊。"它的意象，它的概括力，世难有二。

《苏武牧羊》是一个不朽的史诗。苏武被俘后，誓死坚守民族气节，被胡人流放到北海，即现今俄罗斯的贝加尔湖。他们给了苏武一群公羊，说等到这些公羊生了羔子，才会放他回归汉朝。胡人不但加害苏武，同时也蹂躏了那些羊，使其变作羊中的太监或和尚。政治的魔鬼，害惨了世间。苏武宁肯吃雪卧冰，也不低头。那是一部凄苦而又壮烈的史诗。1990 年我途经贝加尔湖时，火车居然沿湖走了好十几分钟,我知道这个湖就是当年的北海。望着那波光无垠的美丽湖面,我的心里很难平静,想,当年苏武在这里孤苦伶仃十九年,他满心的完美人性,比这景色还要美上百倍。也许,曾在某一风雪漫天的日子,有一些羊会凑到他的身边,挨上他,给他以温暖。

在唐朝,诗人李白也写了牛羊,月光剑气和满腔豪放回荡其间:"烹羊宰牛且为乐,会须一饮三百杯。"盛唐之盛,诗人的放浪不羁,写得何等狂狷忘情,淋漓尽致!那一边烹羊一边宰牛、酒也备下一坛一坛的富足和豪放,到今天,依然撩拨人的味蕾和情怀。羊肉一锅,牛肉一锅,美酒一坛又一坛,活画出盛唐的辉煌气象。

在陕北的延川县的文安驿村,我曾访问过一个能编能唱民歌的妇女,她叫樊玉英,她养着一只羊,那羊差不多成了她的儿子。羊儿晚间与她同睡一屋,白天又总是跟着她。有一次,她去县上参加文艺演出,无法带羊儿,就把羊儿寄在亲戚家,可是她走到半路,总是放心不下,就跟司机求情,请他停车。结果她刚一走下车门,羊儿就扑到了她的身上。这是我第一次知道了人和羊之间,可以产生感情。

陕北民歌云:"大羊叫唤羊羔跳,拦羊的哥哥回来了。"仅仅这两句话,就把牧归的情景,描写得何其温馨。我们陕北自古羊多,我从小儿常常见羊,羊的形象,羊的叫声,使我感到美好和幸运。因此我对羊也产生了一种特殊的感情。大概正是由于这样,我那年出散文集时,神使鬼差,将集子名定为"羊想云彩"。那集子后获鲁迅文学奖。这里的羊,已通了人性,是有思想的,会思考问题的。而它又脱俗了,想的不是羊群的事,也不是人间烟火,而是云彩,很有些浪漫气质。

关于羊，有一个从东晋留下来的神奇成语："叱石成羊。"它来自一个神话，说的是弟兄俩，弟弟上山去放羊，可是再也没有回来。四十年后，哥哥终于在一个石洞里找到弟弟。原来，弟弟是一直在此修炼。哥问那群羊呢？弟弟出门喊一声"叱！叱！羊起！"满山的石头都应声而起，成了数万好羊。这传说让人感到了美的醉人魔力。

　　世界上的畜类，再美不过羊了。羊字底下加个大字，就是美字了嘛。我希望，读者朋友们对着我的书，喊一声："叱！叱！羊起！"我的书中，每一个文字，每一个标点符号，都会摇动双耳，发出咩咩之声。

风雨起舞

青青延中草

一转眼老了少年。

少年那时候真是一个小动物啊，他走着走着都要跳起来，跳起来摸一摸崖上的蒿草。他心头喜悦眼睛明亮喊声如歌。

何况相跟了一伙同学。

何况又是开了春的时节。

山头上积雪已化，农人们扶犁耕作，牛，沉默得就像一疙瘩一疙瘩滚动的黄石。阳光下，可以看得见土壤在翻浪，浪花上冒出袅袅地气。我们就从那山坡上跑下来，不论男生女生，两只鞋里都是土，因为学校的钟声在催，在催。

"快点，小心迟到！"

"放你的心！"

师生们集合在一起。我们的身后是老师们住的一排石窑洞。我们的面前是讲话的校长。老师们就站在我们的周围。

我们的学校延安中学是党在神州亲手创办的第一所中学。

我们其时的校址曾经住过贺龙将军，驻扎过他领导的联防司令部。

解放战争中，我们的许多老校友都在野战医院当过护士。

我们的队列一行一行,在阳光的照耀下,就像从山头延伸下来的犁沟。没错,一行一行,就像山头的犁沟延伸下来。犁沟土肥墒饱,我们也有那泥土的气质。春日的犁沟正在播着种子,而我们这犁沟是超越季节的,无论我们的容颜还是心灵状态,哪一行不是生机蓬勃?

　　其实我们的队列也像刚刚学过的《涉江》,《涉江》是我国先秦伟大诗人屈原的作品,是诗,诗不同于散文,诗是分行排列的。我们一行行的整齐队列多像《涉江》。《涉江》的文辞虽然艰深难懂,但我们毕竟已大体明白了。重要的是,虽然相隔两千余年,我们这一群少年的心,是和《涉江》相通的。读《涉江》的时候,真正是一种享受。我隐约感到,我们的身上也有《涉江》的节奏和韵律。

　　一到课外活动时间,我就赶到图书馆去了。首先扑进阅览室,如一只觅寻猎物的小狼。小狼应该不识字,而少年已是中学生。《人民文学》《文艺学习》《陕西文艺》《说说唱唱》《新观察》,每拿起一本,我就像开饭时捧起好饭菜,一筷子一筷子地塞到嘴里,大牙小牙都忙得不亦乐乎,好像总也吃不饱,吃不够。庄老先生曾说过:"子非鱼安知鱼之乐?"我就是那鱼,20 世纪 50 年代初的年少的鱼,谁也想不来我有多么快乐! 真的,我能从那些字里行间咀嚼出无限的美好滋味。有时候,虽然听见开饭钟声当当地响,我也舍不得离开,觉得不再去吃满可以了。末了,总要再到借书处去,把凡是藏有的文学书,特别是诗歌,不论古今中外,一本一本借来看。我曾在一首习作里写过:"路漫漫,荒野小店前。"现在想起来,我们那简陋的图书馆就像那荒野小店。荒野小店的老板娘和店小二啊,恕我在这里这样称呼你们我亲爱的老师们,我那时是你们非常熟悉的小小常客。你们一定记得我:嗨,这个学生啊,就像贪吃的马驹子,吃着河畔的还眼望坡上!

哦,青青延中草!

哦,贪吃马驹子!

那时候全延安地区只有这一所中学,所以各县的学生都来延中上学。同学们无一例外都是住校生。宿舍是大窑洞,每个窑洞都安放着一个大通铺,七八个同学住在一起,终年住在一起便滋生着特别亲切的感情。每天脱衣睡觉的期间,总有说不完的话,开不完的玩笑,有时还拿出作业凑上油灯请同学帮帮。而熄灯钟一敲,老师就前来查号子了。老师是在催大家按时睡觉。昏黄的灯光昏昏黄黄,老师是什么表情,是根本看不清的。

其实一到晚上,即使是上晚自习的时候,到处都是一片昏昏黄黄。"一灯如豆",是我们古先人对麻油灯十分贴切的形容,现在回过头去看,越觉得那形容准确传神。大概是红小豆吧,红小豆在那里显现着一点红红的微明,一阵风吹来,忽闪忽闪;风一大,就干脆黑灯瞎火了。我们当时并不觉得受着委屈,因为古中国的夜都是如此。一代代的读书人,一代代的青灯黄卷。我们延中点着的灯,像大雾中地上的碎小野花,在寂寂寞寞地摇曳。一年又一年地摇曳。

忽然有那么一个晚上,那可是我们延安中学划时代的一个晚上呀,呼啦一下,每个教室都亮起了电灯,一道闪电划破夜幕光芒四射,照彻了一个个年轻的生命;校园后边的山也被电光所激醒,庄稼杂草树叶都猛地伸胳膊踢腿,惊得宿鸟扑噜噜四飞。欢呼声狂卷到每个角落,稚嫩的男女嗓音,嫩雷一样,清脆响亮。什么是社会主义的美好远景?那时的通俗说法是:"电灯电话,楼上楼下。"啊,社会主义的万丈光辉照耀着我们啦! 多么富丽多么璀璨！打开每一册课本,翻看每一页作业,啊,那刚才还是昏昏黄黄的古波斯,那刚才还是昏昏黄黄的汉刘邦,那刚才还是昏昏黄黄的"坎坎伐檀兮",那刚才还是昏昏黄黄的 dasiweldaniya(俄语,"再见"的意思),那刚才还是昏昏黄黄的惯性定律,那刚才还是昏昏黄黄的二次根式和昏昏黄黄的草履虫,一刹间,都抖落了昏昏黄黄抖落了夜色。

从此,我们延中的夜,是电灯照亮了的夜。哦,一盏一盏明亮的电灯,一颗一颗25瓦的小太阳,一扇一扇辉煌的窗子。延中啊,我们的不夜的延安中学,每晚都像小小的天安门广场。迈着双腿走过去,一脚一个灿烂。

那时候的我们,除了刻苦学习外,思想活跃,兴趣广泛,对时事的关心程度非同一般。我们班有几个同学,总是抢着到门房取报纸,然后在附近边读边评点,周围总会围着十几个同学,人人都会插上几句。脚下,有时是白雪之冷,有时是烈日之烫,有时是总也扫不完的柳絮绒球滚来滚去,而心中,总是国家大事和世界大事。

我一直是扭秧歌、演戏的积极分子,所以被选为学生会的文娱部长。学校黄土筑成的舞台上,过上一两个月,总会演出一些由我组织的小戏之类的节目。那时候电影是一种奢侈品,有一次我请电影队来放《董存瑞》,同学们把场子挤得严严实实。放到少一半,忽然下起雨来。我问同学们怎么办,大家异口同声:"放！继续放！"雨,越下越大。放映机的光束里,雨珠像小瀑布一样泻落下来。黑暗中,雨水往头上浇。雨水在脸上流。雨水朦胧了眼睛。银幕上。碉楼。董存瑞奋力举起炸药包。不死的英雄啊,鼓舞着我们栉风沐雨。啊,少年人的心,少年人干渴的心,多么需要好电影像这潇潇之雨一样浇灌！

下吧,下吧,潇潇之雨!

雨洗青草草更青!

我的体育向来不好。跳木马,体育老师教了好几遍,大部分同学都顺利跳过去了,我却不能。我心里的木马像刀山一样狰狞可怖。我一遍遍地鼓起勇气,一遍遍起跑,一遍遍在刀山之前撒了气。老师脾气有些急躁,顺口喊道:"你怎么老是跳不过去?跪下!"我只好跪下了。一刹那间,老师好像意识到什么,马上让我站立起来。这,在我的心上,好像根本没怎么介意。可是隔了两天,校长严厉批评了体育老师,说他怎么能对学生施行体罚!体育老师立马前来找我道歉了,态度何等诚恳。我该说什么呢?我向老师深深地鞠了一躬,转身跑了。但校长和体育老师的举动,并没有随风散去,而是深深地印在了我的心里,使我常忆及。

怀着诗人梦,我不断写诗,不断向报刊投稿。那时候寄稿是不需要贴邮票的,在信封上剪个角,再信手写上"稿件"二字,稿子便像长了神鹰之翅,想飞到哪里便是哪里。我的稿子多是飞出去又飞回来,但我不气馁,有些竟幸运地没再回来,化作报刊上的铅字,我还收到了稿费单,天下的每一只喜鹊好像都向着我欢叫!少年们特别容易互相影响。不知过了几月几周,这个班,那个班,都有人在写了。一时间,我们学校收发室的信插里,每天都会有十来封关于稿件的信,当然大部分都是退稿信。有个同学大概受了老舍笔名的影响,起笔名为"老迈"。别人的退稿信都是"某某同志收",而他的呢,却是"老迈先生收启"!我那时常想,当远方的编辑同志书写这几个字的时候,他脑子里浮现着怎样的人像?胡子拉碴?端着一杯酽茶?吭吭吭地咳嗽着?殊不知,我们的老迈先生才十四五岁的年纪,红领巾常歪戴在脖子上!

少年时代精力的旺盛,实在是难以估量的。我在延中上了几年学,就写了几年诗,就投了几年稿子,然而学业成绩一直还很不错。不过有时写诗写得有点入魔了,在一定程度上影响了正课学习。值得庆幸的是,我们的老师都很开明。我感觉得到,他们自始至终都以赞赏的目光悄悄地注视着我,鼓励着我,当我不自觉地走了些弯路的时候,他们也没有厉声指责过我,磨掉我的锐气。

哦,青青延中草!

哦,延中草,草青青!

是的,我那时候是文学原野上的一匹小马驹,我一边吃草一边奔跑一边自由地环望四方,是时代和母校给我提供了一个天地辽阔云卷云舒风雨适时水草丰美的成长环境。我每每想起来,心中都要悸动。

2018 年 8 月是陕西省延安中学 80 周年华诞,谨以此文,以老骥伏枥的咻咻嘶鸣,向她献上激越的、不老的、最美好的情意。

第四单元

域外迎春

域外迎春

终于盼来这一天了，大年三十。

远在一个多月之前，我就开始了暗暗的期盼。我的邻居皆"非我族类"，不是美国人就是法国人、澳大利亚人，每天与他们碰面虽然总是互问安好，但是他们哪里会从我的脸上读出殷殷之情。他们当然对我们这个不平常的日子都无动于衷，就像这冬天的加州大地，冷冷清清，冰冰凉凉，唯有我的心是热的，烫的，是冒着火焰的。我的如此表现，好像回到了童年。童年的我确乎是这样的。可是有了一把年纪之后，记得，再也没那样的激情了。那大概是因为一直置身于国内。现在的我是多么的不同！已经是有几个孙子的人了，却酷似孙子似的稚气心性。其实孙子的心里并没有我心中那个大写的年字，他盼的只是多吃一次汉堡包，多玩一会电脑，我便不断掐着指头告诉他，还有几天几天，就要过年了。孙子虽然反应平平，我却反复述说。述说的时候我心里是最快乐的。但概而言之，我的期盼不露声色，越不露声色心里的喜悦越多。我真切地感受到了这喜悦的重量。我悄悄地独享着这份沉甸甸的喜悦。

现在大年三十终于到了。我们早已置办好了种种年货。我们已把大红灯笼挂在房间。冰箱塞得快要关不住门儿了。由我主厨，已炸好了丸子，做好了粉蒸肉。家里弥漫着浓浓的年的味道，年的气息，年的色彩。这些味

183

道、气息和色彩,于开门关门间,早已播散出去了。连邻居的狗也好像逮到了什么信息,汪汪地叫。这叫声宛若声声祝福,教人听了心里滋润得就像喝了一杯好酒。万事俱备,只待晚上看赵本山们从电视荧屏上走出,只待明晨全家人一起动手包饺子了。但我忽然想起,怎么忘了买韭菜了?家人都说,不是有白菜吗?白菜做饺子馅也很好。我说,白菜馅不如韭菜馅味儿长;况且,以往咱们年年正月初一吃的都是韭菜馅的,这时候韭菜正嫩,今年也别破例。大家正好也想出去转转,于是就决定开车去中国超市走一趟。

中国超市门前的辽阔的停车场上,车早已塞得不见一个空位,我们绕来绕去地跑了好几圈,费时 20 多分钟,总算将车泊好。此时虽然知道今天超市人特别多,但进了超市,还是吃惊不小。那简直是一锅沸腾的粥,一池难游的鱼,一地没有缝隙无法在风中摇摆的庄稼!在美国,在这个中国超市,我都从来没有见过这种景象。但回忆在我们中国,这种情况却是总会看到的了。我们中国向以人口众多著称,每个人都是生活在拥挤中的,无论是北京还是西安的副食市场,每逢节假日,便是一派拥挤壮图。年三十当然更是如此。那么,我们这里现在应该是和我们亲爱的祖国接着轨了:同样的拥挤,同样的碰碰磕磕,同样的理解和宽容,当然其中还有一条:同样的甜美心绪。而比起国内来,我们这儿的人员构成绝对是多姿多彩的:不但有大陆人,台湾人,港澳人,还有欧洲华侨,印尼华侨,以及其他已经不会说中国话的各色华侨。是共同的血脉,共同的文化,共同的中国心,把大伙紧紧地系在这儿。

每个人都推着购物车,车子都装得满满的。推车的多是青年男女,青年男女身边跟着老头老太太——那一定是他们的父母或公婆了。也有人领着小孩,把小孩放在购物车上,或高高地掂在肩头。但每个人都寸步难行。可以说,是一分一厘地往前挪。我们一家可以说是人群中最轻松的人了,只由我拿着一把韭菜,可是,我们仍然走不前去。眼前好像不仅是一池稠得无法涌动的人流,而且是一部字迹密密麻麻的美国版本的中文字典,《中国人大字典》。在这部字典里,分不清张王李赵,看不清各人面目,只知道每一个人都是一个汉字,横,竖,撇,捺,钩,每一笔都多么遒劲。但这每个汉字里深藏了多少节日的欢欣?哪里是这欢欣的源头?是夏是商是先秦两汉还是青藏高原的当曲、扎曲、卡日曲?它的上空飘着多少苍凉的歌多少奇异的云?我问熙熙攘攘的美丽汉字,熙熙攘攘的亲爱的同胞们,谁又能解释清楚?

也有几个白人来到这里。他们的表情说明,他们有一种新奇感。因为这里和他们的白人超市大不相同。这里有风光殊异的色香味。是四川腊肉的色香味,东北酸白菜的色香味,湖南豆腐乳的色香味,上海年糕的色香味,北京烤鸭的色香味,台湾高粱酒的色香味,还有花椒的色香味,香醋的色香味,猪下水的色香味,甚至还有鞭炮的色香味和大红对联的色香味……这种种色香味合在一起,在美国,在加州,在这一间祥和的大厅,一个世界热热腾腾红红火火美艳绝伦,中国人的喜迎春节的世界。

我们总算排进付款的队列了。但那队列还叫队列吗?它哪儿有队列的形状呢?它根本不是一条线了,完全是面,是人的一片,挤挤挨挨,或者是一个人头人身组成的喜悦而又焦灼的人群的庞然团块。虽是这十冬腊月的天气,我身上已微微出汗了。孩子们抱怨:今天实在不应该来凑这个热闹的。我也稍稍觉得有些划不来：只为了买一把韭菜，在人群中挤了快有一个小时了，还挤不停当！

我们后来终于走出超市，大大地舒了一口气。都回头望一眼，笑着，大发感慨。就在这时候，忽然有一个人凑上来，问我："你是西安来的吗？"是一个青年，和我一样，满口的陕西话。我后来知道他是从关中平原来的留学生，在加州理工学院就读。他分明是听见乡音才前来认老乡的。那一霎，那青年是那么兴奋，我们也是那么兴奋，我们就如两条长途跋涉的河流忽然相遇了，溅起了千丈万丈的浪花。那浪花应是溅起在生命深处的，我们的眼睛都潮潮的了。亲不亲，故乡人哪！暖心不过故乡音哪！一声何满子，双泪落君前哪！来美国好几年了，我还是第一次遇到真正的老乡。我家不是住在华人区，平日里别说见老乡了，见个中国人都难。我们的邻居中有一户韩国人，因为彼此都是亚裔，我们之间就有一种特殊的亲近感，就几乎互认老乡了。我虽然和韩国人语言不通，但是见面总是亲切地打打招呼。我家和他家还经常互相馈赠一些鱼虾菜蔬之类的东西。现在，在这红火热闹的超市门前，居然遇到真正的老乡了，哪能不十二万分地高兴！

直到晚上坐到电视机前的时候，我还难以平静。我默默地回忆着那十几分钟的乡音交响，在那十几分钟里，三秦大地，三秦大地上生长的白杨树，冬小麦，蒲公英，牛羊，喜鹊，以及无数朋友，以及仙逝了的母亲坐过的石头走过的路，以及思想和文化，以及云霞，一齐在我心中闪现，让我忘情依偎。那是多么美好多么舒心的十几分钟！

十几分钟我已知足了，已经够我享用一两年了。

■ 天天看日落

　　我曾在旧金山左近的赫沃山上住了一些日子。那儿拔地而起却又平平坦坦,恍若踏上我家乡陕北的高高山塬,但毕竟不是陕北——大树森森,巨石垒垒,且长风不时吹过,而向山下望去,看到的是,遍地的绿树、洋房、车流以及人影,还有碧湛湛的一湾太平洋的海水,万顷琉璃辉映着轻若薄瓷的雪白鸥翼。

　　赫沃清晨总是有雾,那雾就像是由千万张雪白的鸥翼织就了的,白得触目惊心,往往直到十一二点,太阳才勉强能从那鸥翼中挣脱出来,且带着一身的慢慢才能褪净的白色点痕。人们都喜欢看日出的壮丽喷薄,而在赫沃所看到的日出,竟是这样地令人沮丧令人不堪。

　　可是赫沃的落日却总是让人惊喜不已,血脉偾张。我看着那涤荡心魂的落日,虽然老了,却由不得诗化自己,浪漫自己。我由不得纵臂狂呼一阵。啊!那是多么瑰丽的落日啊!那太阳的经典版本,那红极一时的太阳!它人杰似的热诚率真,并且光彩夺目气象万千。我感到这时候整个大地都在微微震颤。因为有一种穿透力如壮士手中之剑,因为有一种感染力胜得过一切绝唱。我下意识地揉揉眼睛,反复纵目凝视——它隔着开阔的硅谷谷地,定定地站在对面的山的峰巅,热情豪放地注视着辛劳了一天的世间万物,眉梢眼角都在演绎着一个洪亮的声音:拜拜!拜拜!拜拜!于是山在回应,它说拜拜!水也在回应,它也说拜拜! 天底下的一切生灵一切物体也都在回应,它们也都说拜拜! 拜拜! 拜拜! 啊! 火一样的声音啊! 钢水一样的声音啊! 岩浆一样的声音啊!

好一个难分难舍的场面啊,这落日时分!

——是火花流转迸射在眼眸的时分!

这时候我忽然想起杜甫的写在我家乡的"日脚下平地"的诗句了。太阳本来无脚,可是由于我们民族美学熏陶出来的杜甫的激发培养,太阳终于有脚了。现在正是太阳的脚走下平地的一刻。感觉里,这一刻太阳的脚是分明出现在那里的,它硕大有力,筋腱富于弹性。现在你回想回想这一天吧,回想回想这一天的太阳,这一天的太阳虽然有着活力勃发的脚,可是它却总是一派懒汉似的不肯前行的样子,我们抬头看看它,它不动;我们又抬头看看它,它还是不动。可是现在却不一样了。作为宇宙间最伟大的行者,它这一刻才展示出了它的行者的全部风姿! 你看它那脚,走得何其显赫,何其快捷! 它此刻的沉降的速度是以分、以秒来计算的。你得不断伸长脖子,再踮起脚尖,与它争分夺秒。这一刻你绝不可任意眨眼,如果眨一下眼,说不定它就弃你而去,甚至你连它的背影也看不见了。我多次遇到过这种倒霉的事情。我倏忽间就被暮色所笼,如雾失的楼台。咳!

但我又多次变身为后羿,多次追日而去。当然我的追日,不是向前,而是急转身,向后看,向山的高处,山的艳红处,飞步而上,气喘吁吁。那儿还在燃烧。一脚踩到那儿,便红了全身,我当然是又看见太阳了,还有烘托着太阳的彩缎似的云霞,以及云霞中的珊瑚般的鸟翅机影。

那时候,我完全沉浸到一种庄严的洗礼中去了。我停止了思维。我的眼里消失了世界上的一切苍白、颓唐

风雨起舞

和想入非非。我后来曾想，天地灵魂就是在这样净化着吗？有几分可能。此刻我知道黑夜将至，我心里却一片通明。啊！我的太阳啊！辉煌的太阳啊！我仿佛听见大胡子的帕瓦罗蒂在唱。他的绝尘高音和胸腔共鸣，使千山万壑都发出了回响。于是，到处是帕瓦罗蒂，到处是落日的轰鸣不息的光线。光线中的千般物质，万种色彩，或者在飞扬，或者在飘散，或者在上升，或者在沉淀，或者在旋转，或者在迸射。啊这日落时刻，这发酵不安的时刻，这高高天空最活跃的时刻，这个时刻每个分子都在跑呐，漫天裙钗漫天舞。燃烧着的天，涅槃着的地，燃烧涅槃里显露的是巨笔挥写的一行昂扬大字：说什么落日寒鸦断肠！夕阳你落吧落吧落吧快落吧，你落进墨汁的深潭里，滚一身黑，当你明朝再次跳出来的时候，却又是一球的鲜红，如一支更美的序曲，而序曲的演奏者，层层滔滔，是无尽的山河无尽的交响乐团！

那一些日子，我几乎天天一到傍晚就急忙跑到赫沃的山畔畔上去，去看落日。我看落日如挚友，料落日看我应如是。那些日子我总是处于亢奋状态。我时时怀着一种向往。那向往时时挑逗着我。那日子是我天天总是不忘总是急于要去享受一顿精神美餐的日子呀，无比奢华无比富有的日子。

而这样的日子，在我生命的里程中，也是曾经有过的。那是在从满洲里出发，去莫斯科的路上。火车哐哐哐地在广袤的西伯利亚飞驰。一直不停歇地哐哐了六天。骨头架子都快要被哐哐散了。唯一让人喜欢的，是可以饱赏西伯利亚壮阔的风景，可以看到随风起伏的一望无际的草浪，可以看到勾起心头淡淡哀伤的苏武牧过羊的贝加尔湖畔，还可以天天看到多姿多彩的日出和日落。但早晨我们一般醒得较迟,因而还是看日落多些。

六天六夜的超长行程中,看落日有另一番奇特的感受。头天是下午六时看的落日。那落日就像俄罗斯人手里摆弄出来的一切:笨重而粗宏。哦,大哉此日!那落日简直像七尺大锅正炒的一锅辣椒,弥散着一种逼人的呛味,尽管它距离我的列车不知有多少光年。那呛味竟辣出了我一脸的汗水。当第二天傍晚六点我又准备接受那辣椒烤炙的时候,奇怪了,那太阳却又像中国式的碾盘在半天高悬,迟迟不肯挪移。一直到了七点多,血红碾盘才终于咚的一声滚落到地平线上,而它溅起来的晚霞特别绚烂,就像是俄罗斯不朽画家列宾的调色板,随意而又抢眼。大风吹来,地平线上热草贴着晚霞沸腾,一群酽红的骏马就埋首于其间。第三天日落时间却又晚至八点多了。看着这样的日落,让人明显意识到经度像条条绳索一样竖绑着我们这颗老地球,它唤起的是一种科学的观念。但我不愿意多想地球在怎么围绕着太阳旋转,而是沉迷于我的审美之中,每天一到午后,总是臂倚茶几,早早地守望,守望。我天天看着落日以各式各样奇重奇大却又美妙绝伦的辉煌姿容,怎么成吨成吨地挥霍着色彩,怎么在漫天燃烧的晚霞中,或者沉没于山巅,或者沉没于江河,或者沉没于苍茫辽阔的大森林之中。这时候我曾想起统治过这片大地的无数君王,因为他们大多都曾被称作为太阳,令人畏惧令人无言的太阳,但是曾几何时,他们都一落不起。与此同时,我又想起了被称作俄罗斯诗歌的太阳的普希金,只有他有升有落,往复无已。我听见车厢里正在播送着他的迷人诗歌。这颗太阳是爱的太阳。

说起诗歌,我云遮雾罩的记忆中,便踏歌阵阵,《诗经》的优美旋律便不期而至。那是我们古老祖先的咏唱之声："鸡栖于埘，日之夕矣，羊牛下来。"它穿过两千多年的风霜雨雪烽火烟尘，却至今光华不减，也没有语言阻隔，一如唱在我的童年。而我童年听过的陕北歌谣，简直是它的翻版："日头擦山了，牛羊回来了，快揭锅快拿碗，咱们要吃饭了。"这些歌谣中的落日，都算不上壮丽，算不上华彩，算不上灿烂，特别是我家乡的落日，从来未被我所珍视，只能尘封于我大脑沟回中的一个旮旯，可是于今把它翻寻出来，细细品味，它却是那么地令人惬意令人心醉！

日头擦山了，牛羊回来了。

那是一种平平凡凡的场景。那是一种温温馨馨的氛围。那是一种亲亲切切的韵味。记忆中，先是发现那日头偏了，接着隐约感到日头加快了脚步，光和影便交替变幻，明明灭灭，黑黑红红，花样百出的光线渐次扫过了一架架山，一座座峁，一道道梁，一条条沟壑；再接着，凉气从石底、从泉眼、从云缝悄悄逸出；再后来，日头便出人不意暮鼓一声地擦挨到山圪瘩上了。一瞬间晚霞金光四射——有的山成了瓷，有的山成了铜，而更多的山则成了金子，白金黄金赤金，而窑洞，崖畔，街市，以及灰布军装三八枪，以及羊肚子手巾老皮袄，以及从山里回来的牛羊，以及正准备上架的鸡，以及烟囱里升起的炊烟，以及一个叫作章娃的疯跑野奔的孩子，也都宝石似的色彩斑斓了。这时往往就有粉红脸颊的母亲出来喊章娃吃饭了。那时母亲还年轻，她脸上的汗珠如滚动在花瓣之上，连声音都带着落日的色彩花瓣的香味。章娃问："吃什么？"她说："黄米捞饭。"章娃说："我还不饿！""这碎鬼！"母亲急了。但章娃一转头就跑了，落日照耀下，如一点飞飘的火苗。这碎鬼常常要得忘了一切,所以他当时从未留意过那夕照是怎么在倏忽间就从山头沉落下去的。但夕照也在不管不顾地沉落。所以当母亲回过头来再喊他的时候,他哪里再是火苗,他随着落日的沉没,已经变成一个熄灭了的火柴头了,或者如一粒黑芝麻。而这时候要是看看对面的蓝天下,却依然是夕照半山。

及我年长,及章娃郑重打出了刘成章的旗号,因为叶帅的一首诗,凡是老年人的组织或活动,几乎统统名曰"夕阳红"了。家乡的老人们也分明喜欢这个称谓。我邻家的一个大婶是夕阳红的积极分子,常常去参加活动,跳舞呀,唱歌呀,扭秧歌呀,喜气洋洋。而她们的活动大多安排在晚饭之后,而晚饭之后正是红日沉落的时候,真是无意中的美丽契合。一日我回到家里,问邻家大婶哪里去了,大婶的老伴多少有些不满地回答:"还能到哪里去?连饭碗也没洗,就夕阳红去了!"老人的一句话逗得我几乎笑出声来。我由不得抬头望了一眼搭山的落日,想,夕阳呀,夕阳呀,你庄严神圣的色彩上,居然又被我们的老乡添上了幽默诙谐的一笔,这一笔何其精彩!

落日装饰着人,人又丰盈着落日。

那天呼吸着美国太平洋港湾的清新空气,正在观看着一天也离不了的中文电视,忽然又看见我们陕北的落日了。看见陕北的落日我有如血管里通上了电流眼里冒出了火花,而更让火花飞溅的是上面的演唱的音乐作品,居然是由我作词的信天游歌曲《圪梁梁》,歌子是由被称作声乐女王的歌星范琳琳演唱的。范琳琳唱到最后一句了:"快快来到这圪梁梁上砍上两摆摆柴,咱二人一人一摆背回来。"当我听到这里的时候,我发现那里竟含蕴着我不曾意识到的东西。那含蕴着的东西,断然不是别的任何什么,而是落日,世界上最美丽的落日,信天游萦绕着的落日。落日在落,在落,在落。大地在应和着范琳琳的歌声。落日照红重重山,山山有草草色红。落日照红重重山,山山有石石色红。落日照红重重山,山山有人人也红。山山有如出生在这里的花木兰和蓝花花,此刻里,她们就像信天游曾经描绘过的一个女子的打扮了啊,她们悉是红袄红裤红头绳。

啊,家乡的落日!

那落日不断变幻着,不断变幻有如魔术师的绝世表演。千般模样。万种容颜。它照耀着也变幻着下山的牛,照耀着也变幻着下山的羊,照耀着也变幻着含情脉脉背柴下山的三哥哥和二妹妹,而牛是一片万花筒般的碎霞,羊是一片万花筒般的碎霞,三哥哥和二妹妹也是一片和另一片万花筒般的碎霞。每一片碎霞都如翻飞蝴蝶乱纷纷。而与此景象隔着浩渺大洋的我,应是一首诞生于黄土坡洼上的信天游,应是一首曾经飘飞在陕北千山万壑间的信天游,应是一首云游在外的白了鬓发的信天游。云游途中,霜雪洒头途中,我曾被许多洋山洋水中的落日照过。音调里虽然有几分骄傲,却也难掩道不尽的苦涩和痛楚。浮云游子意,落日故人情。现在我实在想神游万里,赶着去看家乡的落日。我深知那落日的脚步是迅忽的,稍纵即逝的,到了那里,我必须用我作为信天游的全部的歌词和旋律,我必须以更强的力度,高高飞起;不要慢节奏,不要一个下滑音,不要一个休止符,不要一句低旋慢绕,而是快速地,风风火火地,来一个一连串的翻升翻升翻升,高八度的翻升,翻升到蓝天上更高更高的地方,以浑浊的潮湿的目光,追看那朴拙苍凉而艳红的家乡落日。

当我又看到家乡落日的时候,我忽然一惊,我忽然听到了母亲的声音。我忽然意识到:母亲,母亲,我的母亲,我的亲娘,你就是这轮落日。可是母亲!原谅孩儿吧,原谅你的不孝之子,不孝之子晚回来一步,你已经落去了!你已经深深地埋在黄土之中,你过得好不寂寞!好不凄楚!但我看见你的光芒已把黄土烧透,你的坟头已开了一簇红艳艳的花朵。我知道母亲,我的朝思夜梦的母亲,我的太阳,我知道你总有一天会重新升起来的,只是你一辈子操劳不息,你实在太累了,你现在也应该歇息歇息,在歇息中重新积攒你的光芒,然后有一天重新出现在我的眼前,照暖我的周身。母亲,母亲,母亲啊!我是唱给你的一首其声哀哀的信天游,面对你,我是一首永世也唱不完的信天游啊,我将在你的坟头边飞旋飞旋飞旋飞旋,只要你不重新升起,我就声声进血,八百年不绝。

■ 走进纽约

　　看纽约,看这世界上首屈一指的最大都市,我扬起大西洋的浪花,以东方的古老语言发出一声滚烫的惊叹:威赫赫,何其伟哉壮哉!是啊,好像全球五大洲的将近两百个国家的一切山,一切岳,一切岭,一切峰峦,都一齐汇拢到这儿来了!而眼前是身在庐山中吗?横看成岭侧成峰,远近高低各不同,只是,无法超尘脱俗地领略它的全部壮丽和风采。人走在阴森森的峡谷之中,天显得那么窄,那么狭,常常成了纵横的蓝线。人走在阴森森的峡谷之中,显得那么渺小和孤独。到了大名冲天却短而又短短得只有 500 米且还弯弯曲曲的华尔街,山好像在那儿举行着一场盛大博览;山一繁,沟壑也便随之增多了,因而左看是沟壑,右看是沟壑,目光前移后移,仍然是沟壑,沟壑,沟壑。走进每个沟壑都给人以山重水复的阻塞,以致令人闭气而终又柳暗花明之感。不过不管是山也好,沟壑也好,它们之中都没有真的巉岩怪石,都没有真的山泉飞瀑,都没有真的苍松翠柏。可是有窗,窗有千千万万,镶遍每一寸山崖。可是有人,人如蚁,隐于窗中静无声。可是也有云,云就堆在那些重峦叠嶂似的高楼大厦的扇扇窗前。一座玻璃的峻岭映照出金属和水泥的悬崖绝壁,也映照出朵朵白云。那是我的小儿媳晓薇刚刚去工作了的地方。旋转门在旋转。人,被旋着吞吞吐吐。分明看见她那么一闪上电梯了,也可以想见那电梯在升,在升,却难以猜见她已经到了哪一片云里……

但与横空出世的帝国大厦和双子的世贸中心的三座并肩大厦相比,这些建筑又统统显得微不足道了。它们是一片蒿草,而帝国大厦和世贸中心是三棵擎天的椰子树;它们是一堆玩具,而帝国大厦和世贸中心是三只啃食月中桂叶的长颈鹿。登上帝国大厦和世贸中心,有如越过雪线,登上了珠穆朗玛峰、乔戈里峰、干城章嘉峰。虽不见白雪皑皑,气温却骤然降至寒气砭骨。万里长风如透明的长天巨龙正以七八千里的时速掠过,龙爪和龙鳞,碰撞着、撕扯着每个人的衣裳和头发,使每个人都狼狈如龙的掌中玩物,无法站稳。你以为你来到九天之外了,其实,你还没离开纽约,只是,容光焕发力大无穷的纽约站起来了,纽约这个超级巨人站得好高,而你,是站在纽约的肩上。你的脚掌分明还能感到纽约的体温。俯首望去,周围那些一下变得谦卑起来的摩天大楼都是上肥下瘦,上宽下窄,上粗下细,向两边歪斜。俯首望去,只见那无数的大楼小楼,无数的长街短街,无数的繁华闹市,与沼泽、海湾以及哈得孙河互相穿插浸淫着,并且杂着无数的车和些许的船,它们都像被一只神奇的大手推得很深很远,如化作小人国的物事。而环顾四周,目力所及,茫茫苍苍以至于无,而一切无不皆与我等距,纽约的疆界如被圆规画成,活脱脱是一个大圆。于是,纽约这个最国际化的大都市,就很有些象征意味,很像一颗画在纸上的地球了。

我知道我不属于纽约。我的家乡在地球的那一边。我出生在北中国的一个飘荡着最美的民歌的地方。那是一片被老㧟头和暴风雨剥夺得缺少生命之色缺少植被的黄土高原。我出生的那个年代,一个叫作埃得加·斯诺的美国著名记者正在那儿感叹,正像我此刻正为纽约发出感叹一样。斯诺当然不久就回到了他的美利坚,我却在那儿长大,因而深深地打上了那儿的烙印。此刻,万里迢迢跨洋过海走来,被浪涛洗过,被长风扫过,被纽约的手轻柔地拍打过,我的身上却还带满了那儿的红旗、炭火、黄土、米酒和野艾的气息。现在我看到了美国的纽约,摇滚乐赞美着:"大苹果!大苹果!"纽约这颗纽约人心里的大苹果挂在枝头,生机勃勃。纽约的第 1 街……第 10 街……第 142 街……以及第 2 大道……第 5 大道……它们像电子计算机的数控系统一样,每给它一个指令,它就做出比生命还要鲜活还要灵敏的反应。啊,纽约,这就是纽约!面对它的奇崛、伟岸和生命力勃发的现代文明,我必须调整我的乡野放羊人一般的呼吸和脚步。

乘电梯耳膜受着强压,人不是自由落体,所以能速度均匀地降落下来,降落下来立即坠入喧嚣。顾客的嘈杂。黑人的鼓声。警车和救护车的锐叫。各种声音滚滚滔滔,波澜起伏,令你又是蛙泳又是仰泳又是蝶泳又是爬泳又是侧泳又是自由泳,招数使尽,也无法游出涯岸。而地铁又哐当着呼啸于地表之下,就像每秒钟都要发生十次以上的有感地震。纽约的每一条街道因此而在抖动。纽约的每一条街道因此而在摇滚乐的节奏中摇滚。因此,纽约的街道便似乎成了世界上最大的按摩器了,谁要是脚腿有病,尽可以坐在街心岛上享受免费按摩。但是在这里,人们即使脚腿有病,也都走得风风火火,大步流星。因为每个人都是奋斗者和竞争者。因为每个人都是拼命三郎。因为每个人都争分夺秒地追求着更高的工作目标和更高的收入。也许只有小松鼠没有追求,没有压力。小松鼠跳向树下长椅上坐着的退休老人或外国游客,跳

197

上他们的股掌,小天使小精灵似的,享受他们的爱抚和面包之类的赏赐。人们远不像小松鼠那么轻松自在。于是只要办完事情,就旋风一样钻进汽车如钻进甲虫的肚子,甲虫心急火燎地奔驰而去。整个纽约是一个快速奔驰的甲虫的世界。甲虫以铁为甲,以轮为脚,以汽油为液体面包为牛奶为可口可乐。大街小巷,甲虫密密麻麻,五彩缤纷,尽显美丽的风姿。归我的幼子劲劲所有的,是一只低贱而病残的黑色甲虫。人家的甲虫动辄价值好几十万美金,而劲劲的还值不到两千。因为劲劲还在哥伦比亚大学就读,穷,无产者一个。我们坐在这黑甲虫的腹中,可以看见它的内脏破破烂烂,缺这少那。也可以听见一种咝咝的极为难听的声音,那,也许是它的一节气管吧,它也许患了挺严重的气管炎啦。但纽约是大度的,富,固然有炫耀的地方,穷,却也没人小觑于你。所以我们的黑甲虫用不着自惭形秽畏畏缩缩,而是大摇大摆地走进了甲虫们的行列。路。直线。交叉线。弧线。拱起的线。隐没的线。圆圈。还有重叠的线,甚至,缠在一起的线。甲虫们在上面时而追逐着,时而并行着,时而倏地一下分道扬镳,又忽然有高有低地跑在几层复杂的立交桥的盘道上,沿着令人眼花缭乱的螺旋曲线,跑成了一朵光与影发育而成的旋转的五彩莲花。忽而,一座斜拉桥一只躺卧的竖琴赫然出现,甲虫们争先恐后地跑上去,被一只看不见的大手弹成了音符和旋律,美丽动听。

　　如茵的绿色草坪之上,巨碑一样耸起的,是联合国总部大楼。高高抛上蓝天的 2 000 吨重的大楼的大理石石墙,显示即应是和平和发展的力量。苏联的"铸剑为犁"的青铜雕塑置于墙下。我们中国的巨型青铜鼎置于墙下。还有许多国家的大型艺术品也置于墙下。一百五十多面会员国的国旗在大门前一字儿排开，被吹了亿万斯年的大西洋的海风吹拂着，它们哗啦啦的声音，如歌如唱，如泣如诉，如欢呼如抗议。但并不是每声泣诉每声抗议都真诚而有理。我看见，在大门对面的楼墙底下，国际乞丐一样，就坐着三四个我们国家的西藏人，他们想从长江和黄河的浪涛上掰下一块。办公于大楼三十八层的秘书长安南先生显然是忙碌的，他整年面对着种种危机，面对着分别表示赞成、反对或者弃权的绿灯、红灯、黄灯，力图将它化为和平的春光。

长长的竟有 29 公里之长的百老汇大街，灯红酒绿，溢光流彩，有数不清的剧场、戏院、舞厅和夜总会；阔阔的竟有 340 公顷阔的中央公园，湖水荡漾，山岩嵯峨，古堡谯楼，引人遐想。但看了它们，又忍不住要再看一次华尔街了，虽然华尔街是那么短狭。因为华尔街真正是一片云霞明灭的仙山。也许诗人李白的在天之灵曾在梦中来过。所见者何？诗人挥笔将旧作《梦游天姥吟留别》题写于纽约的晴空："洞天石扉，訇然中开。青冥浩荡不见底，日月照耀金银台。"金银台上，每天流不尽淌不完的是金是银是比金银还要贵重的信息信息信息。因为它是世纪大腕的风云际会之地。美国十大银行中的六家总部就设在这里。美国许多最大的经纪公司就设在这里。美国许多大财团的保险、铁路、航运、采矿、制造业等总管理处就设在这里。全球最大的证券交易所也设在这里。跨进证券交易所大厅，风和浪花迎面劈来。虽然算不上浩瀚壮阔，但它却是比海洋还要海洋。变幻不息的海水波荡在电子显示屏上。海里潜伏着数不尽的礁石、险滩和漩涡。道琼斯指数潮起潮落，影响着世界上各个角落的经济气候。走出大厅再看华尔街，华尔街的每一块砖石都像一只拓荒的蛮牛在猛冲地嚎叫。不，华尔街是一颗多棱面的硕大钻石，它以它多彩的奇幻光芒，吸引着人们争相拥向这里，幢幢建筑被挤得越来越高。然而，就是在这寸土寸金的土地上，却保留着十七世纪修建起来的三一教堂，教堂的墓地，墓碑块块，高高低低，剥剥落落，看着它们有如回眸历史，历史的河流中，凝固了一片疲倦的桅杆。

屹立着自由女神像的纽约港，水天之间，弥漫着浓重的母性气息，且温温热热，绵绵软软，辉映着霞光就像展露着血色，它应是美国的子宫。千千万万的美国人，就从这儿生出。人常说人是赤条条地来到这个世界上的，然而美国人不是，美国人呱呱坠地之时，都穿着风尘仆仆之衣，都提着大包小包，甚至还扛着木箱藤箱。他们一个个又累又饿。这，我是被劲劲和晓薇领着，从位于港内埃利斯岛的移民博物馆知道的。美国人刚脱胎于母体、刚从纽约港爬上岸的时候，无不喘息奔波于社会的最底层。过上一些年，他们忽然觉得舒服起来了，惬意起来了，有了自己的草坪，有了自己的汽车和别墅，低头看时，他们的脚掌之下，一片人影蠕蠕而动，那又是新一批的移民了。新移民已经取代了他们原来的最底层的社会地位。一批又一批的更新的移民不断地涌来，不断地垫底，顶得上面的先来者渐次升高，升高，升高，而由于才能和机遇的不同，升高中又有了缓慢和迅疾之别，终于有的成了白领阶层，有的成了让天下仰慕的亿万富翁，当然，也有不幸的落魄之人。而几十年来高科技移民的被倍加欢迎和转瞬融合，给腾飞的美国增添了逼人耀眼的灵性，使它的巨翼富有真正的活力和耐力，可以搏击雷电，而少有磨损。美国完全成了一个民族博物馆。海纳百川，有容乃大。美国变大了，大得如前所述，简直像一颗地球了。这颗地球上布满了齿轮、电脑和现代思维,还有扬起轻尘的滚滚车轮,还有手中的牛排、比萨饼和爆玉米花。这颗地球上的白黑红黄各种肤色凝成的挣脱了传统惯性的神奇魔力,波澜壮阔,气势凌厉,完成了一个壮举。

劲劲和晓薇目前连绿卡都没有,就是说,连新移民都够不上,当然是处在底层的底层了。然而凭着他们的才智和刻苦努力——不独他们,整个华裔甚至整个亚裔留学生的骄傲都在于此——他们信心十足,甚至有些野心勃勃。那一天,他们开着他们的破车,带着我,悄悄地去长岛看了一次富翁们的豪宅。我懂得他们心中的秘密。返回的时候,他们一路设计着明朝的彩霞。他们笑得多么开心。

车过肮脏、拥挤的哈莱姆了。哈莱姆就像时代投下的一个巨大阴影。我们的神经霎时都有些紧张,车便开得极快极快。最担心车坏在这个地方。因为这儿的治安状况最可怕了。

不知什么时候,暮色已从纽约的每个墙角每棵树后钻出,苍茫迷蒙,并逐渐浓重起来。曼哈顿、布鲁克林、布朗克斯、昆斯和里士满这五弟兄一样的五个街区,都从衣橱拿出了黑礼服,准备穿在自己的身上。但它们还没来得及伸胳膊,街灯和商店的灯就像争春的植物一样,一枝一枝地开成了万紫千红的鲜花。这时候最好看的是街上的车子,左边的一行全是白炽的首灯,右边的一行全是红亮的尾灯;白炽的首灯是一条银盘串成的长链,红亮的尾灯是一条樱桃串成的长链。然而我虽从东方远道而来,纽约却完全没有让我品尝的意思,因而绝不会有一棵樱桃会放在银盘中,被端到我的面前。蝙蝠飞上飞下,以英文或者汉字草书,写着很难懂的朦胧诗。教堂的顶尖,钟声当当嗡嗡,播散荡开的全是墨染了的传言。一阵杂沓的脚步声响过之后,都看见夜之军已然把大街小巷都占领了。可是,仰起你的模模糊糊的头颅吧,你看,在那高高的帝国大厦和世贸中心大厦上,它们的上半截,昼的军团还固守着,都还是一片明艳的阳光。

风雨起舞

●

■ 牛　群

苍茫的加州原野。

先是绿地和花园交错着的建筑群,继而是一眼望不到边的葡萄园,再下来,就很有些非常原始的意味了。

怎么说呢? 好像哥伦布还未出世,星条旗更未招展,自然,丰饶的金矿还都原封不动地深埋于地下。没有庄稼,没有菜田,到处都荒着,荒草一片一片,自枯自荣。一只不知名的小鸟远远地飞来,落到灌木的枝条上,枝条晃了晃。山,原,谷,崖,树,河流……一切都仿佛处于黄褐色的蛮荒状态。只有将风景一劈两半的高速公路,才发出汽油、钢铁和橡胶的呼啸和闪光,展示了些许现代文明。

忽然,原野上有了一些黑色的斑点。但你还没明白那些斑点是什么,汽车早已迎来一个奇幻之景:整个原野都撒满黑色。

是些什么呢? 好像谁从高高的天上,哗啦啦地倾倒下满地黑豆,又像谁从远远的地方,突然赶出无数黑色的斑蝥或者蟑螂。它们,究竟是些什么呢?

广阔的原野,到处黑漆漆的,黑得触目惊心。

只有树是绿的。只有天是蓝的。只有太阳是红的。除此而外,原野上的草,石,土,塄坎,以及起伏的山坡,全都成了浓酽的墨汁。

像些什么呢? 也许更像到了特大的露天煤矿,这个煤矿采掘既烈,运输又不畅,遂使亿万吨的黑得起明发亮的煤炭,统统地堆放在那儿了。

但终于看出个眉目了:它们在动!是活物无疑了。比羊高大;比猪魁梧;比驴和马都肥壮。有黑的,有黄的,但以黑的占了绝大多数。

啊,牛!

居然是牛!牛居然可以排开这么大的阵势!

这些牛如果是一些劳工,它们应来自多少工厂?这些牛如果是一支军队,它们应是多少个排?多少个连?多少个营?多少个团?

好壮观、好浩荡的加州牛群!

在中国长大的人,谁没见过牛呢?可是,即使是在中国常年走南闯北、见多识广的人,谁又一次见过这么多的牛呢?翻寻记忆中的青山,青山隐隐,笛声悠悠,牛总是一个两个孤独冷清地活动在青山里和笛声中的。回眸全部中国历史画卷,无论是牧童的遥指还是鲁迅的横眉俯首,隐含的都是这样的景象。无论是《创业史》的各章节还是当代文学的散发着油墨香的无数纸页,寥落的牛蹄都不会踩没多少字迹。我们所见过的牛群,只要有几十只,几百只,已经是很大很大的了。

可是看眼前,看这儿,牛,竟覆盖了东南西北,全部视野!仅卷舌揽食的,应是好几千了;仅甩尾赶蝇的,也应是好几千了;仅以蹄踢土的,也应是好几千了;仅撒尿拉屎的,同样应是好几千了。有立的,有卧的,有鸣叫的,有沉默的,有正在产崽的,有想啃树梢的。牛,好几万头牛,一头头身躯匀称健壮,皮毛光洁润滑,它们如同黑色的火焰似的,燃烧在这片土地上。应该说,它们所展示的,是最灿烂的当代文明之一。

看不见人,只有牛;看不见房舍和栅栏,只有牛。这么多的牛,真叫我无法想象它们饿了时怎么吃,冷了时怎么住。我更想象不来如果遇上响雷闪电,或者虎狼来袭,它们因受惊而炸了群,乱了阵,一头头狂奔乱跑起来,可该如何处理。

遗憾的是,我们需要赶路,无法停下来作深入采访。

我看见,一头黑牛的腹下,鼓鼓的袋子似的东西,是两个大奶。一只和这只黑牛同样黑的小牛,把稚嫩的小嘴唇凑了上去。黑牛回头看了看。

那边,大概是一头公牛吧,它很嘹亮地叫了一声。风携着它的声音,传了过来。其实传过来的不只是一种东西,只要稍加留意就知道了,那是空气中弥漫的带着草味、粪味和臊味的牛的气息,并且已经钻入车内。尽管,那牛群离公路起码还有百米距离。

我们的车子停下来了。我想照一张相。相机对着我,我回头看,我被衬托于黑色的背景之上。黑色的背景有如黑色的海洋,无边无际,滚滚滔滔。而在那闪闪烁烁的黑浪花的上头,是密如森林的牛角和牛耳。这张相一定会照得很好,我想。

重新上路的时候,我想起,就是在这儿,曾经发生过无数粗犷的故事。好莱坞因大汗淋漓地捡拾这些故事,也使自己的银幕粗犷起来。小木屋。酒。时起的阔笑。爱情和仇恨。划破黎明的枪声。前蹄跃起的马的嘶鸣。……那是牛仔的天下。霞光照红牛仔的身影。可是现在换了人间。

现在,牛仔的子孙们——农牧民,形单影只,成了星条旗下的稀有人群,他们只占总人口的1.8%。然而,这1.8%却是钚、铀之类的奇特金属元素,他们所发生的热核反应,不但轻轻松松地养活了整个人口,还成了出口的常项。而眼前这无比壮观的牛群,应是热核反应的象征物了——是发着热,带着响,迸散开来的滚滚黑云。

风雨起舞

留学生的四季

　　冬天是这里最为漫长的季节，而且经常下雪；难得的是只要下雪，就从不扭扭怩怩，而是豪爽旷达，痛快淋漓。往往一夜大雪，第二天早晨起来一看，楼顶升高三尺白，小丘加肥三尺白，钟声里也携着三尺白，整个校园，整个校园都被厚厚的白雪埋住了。只有高飞的鹰是黑的。刚辟出的道路有时就像雪谷，人们背着书包，在雪谷中呵气如云，踽踽而行。泊在停车场里的汽车，哪里还再有汽车的样子，它们都成了一个一个的又白又亮大蘑菇了。冰雪的世界让许多小动物都钻入地下进入冬眠状态，而莘莘学子的头脑这时候却特别清醒，于是他们便抓紧这一时间，猫在室内或者做一个什么缠斗似的艰辛实验，或者赶写一篇不亚于在硝烟中夺取制高点的毕业论文。到了星期天当然还是要上街的，要去超市购买粮和菜。那么首先就挖掘吧，每个人都在亿重白羽的掩埋中挖掘他自己的汽车，像挖掘一座座庞贝古城，一个个秦俑坑。而到了消雪的时候，那残雪和初步裸露出来的散发着泥土、草根和水汽混杂味道的大地，也是很有几分看头的，它就像出自哪个大师之手的一幅凝重的铜版画。

　　春天总是姗姗来迟。但迟来的春天总是十分诱人的。先看那草，它们很像由冬眠而醒的小动物们，一个一个张大的好奇的眼睛，钻出了地面，并且炫耀着它们鲜碧的生命之汁。再看那花，一朵一朵争着抢着开放，一朵一朵展着露着笑颜，一朵一朵摇摇曳曳喜气洋洋好不快活。一些我不知其名的猫样的小兽，春阳下，总是在这儿刨，那儿刨。它们在寻找什么呢？天知道！还有那奇奇幻幻的庄周梦中之物也一齐拥来向这世界注册报到——翻飞蝴蝶乱纷纷。而大雁们，天鹅们，更是成群结队地飞到这里，在绿地上觅食，时而引颈高歌一阵子，咯喽咯喽，引颈高歌。它们的数量真多，走遍校园，几乎到处都有它们的由于心情快乐而显得更加高贵优雅的身影。也有大大咧咧的雁妇人和天鹅娘子，它们竟然把好大的蛋遗落在草丛中了。过不了多久，往往使人们惊喜得不能自持：一伙一伙的大雁的天鹅的毛茸茸的小贝贝们都出世了，在绿地，在水中，走着，游着，跟着它们骄傲的母亲。学子们看见它们，无不投去深情的一瞥。这时候仿佛有音乐响起，音符就荡漾在小提琴的弦上，钢琴的键盘上，以及圆号、木管、双簧管的绝美的袖珍隧道里，如抒情的慢板，令人感动勾人回想。夫回想起什么啦？母亲之爱乎？家乡之美乎？友情和初恋乎？梦中的欣喜和苦涩乎？都有点又都不全是也。都耐人咀嚼又都有些虚幻也。都被升华了也诗化了也。而各种肤色的男女学生们，就穿行在这瑰丽的乐声之中诗意之中。

　　要说真正给人以最大欢乐的，还要数从不酷热的夏天，因为每年这时候的七月这里要举行规模宏大的街头艺术节。那是全美最大的露天艺术节。其时也，这座大学城完全变了样子。随着众多卓尔不群的艺术家的纷纷赶来，随着他们搭帐篷，卸车，摆放，街道上，校园里，铺天盖地的是各种精美的艺术品——绘画，雕塑，摄影，陶瓷，玻璃制品……还有美食，还有行为艺术，还有音乐表演和舞蹈表演。平日内心深处偶尔生出一些无奈的乡愁的中国的留学生们，此刻便借机排遣心中的伤感，便在宿舍门前张灯结彩，并且请了远方的同学，聚集在一起，在观看艺术展演之余，唱唱土得掉渣的家乡民歌，聊聊这些年的诸多深刻感受，然后或烧烤，或包饺子，同时打开多年不沾的中外酒瓶，一醉方休。潜藏于他们身上的过剩的青春活力，因而获得了最完美的宣泄和释放。我曾听见过有人在众声喧腾中大声喊叫："不亦快哉！"哦，那不是大才子金圣叹笔下的妙语吗？那当然是的。不过现在经中国留学生这么一喊，这"不亦快哉"便有了浓烈的后现代意味了。

而景色最绝最美最瑰丽的时候，应是秋天。密歇根的红叶是久负盛名的。秋风一吹，满校园的高大乔木和低矮灌木，就准备着悄悄给人一个大惊喜了。而当你每天早晨起来放眼看时，都会发现它们正在用力蓄势，色阶与前一天有了明显的不同。要是你三五日忘了留意而有一刻忽而转脸时，啊！树树都是红叶，两颊被烤得似有汗珠儿冒出来了！啊！深红的火！浅红的火！橙红的火！桃红的火！棕红的火！紫红的火！啊！到处都是火焰！到处都在燃烧！千万棵燃烧的树木的茎叶何其夺目何其灿烂！它们狂野得就像刚刚参加了毕业典礼的男女学生。啊！男女学生，欢呼的打滚的男女学生！啊！千色已然迷人眼，万彩乱了地平线，茎茎是火，叶叶是焰，层层热烈层层酽，校园成了火的调色板了！呐！矣哉矣哉！而有些学生还不满足，还要在周末，三三两两地结伙，驾了车，到周围茫茫的枫林中去疯张。其实应该说，他们都如神话中的人物，如东方的后羿和西方的普罗米修斯，以造福人类的崇高襟怀，一个个都扑到火海里去了! 待到暮色苍茫他们返回,待到他们又走进灯光明亮的自习室,待到他们又打开电脑,不论是男生还是女生,他们的发上、衣上、鞋上,依稀还飘动着隐约可见的火苗。

风雨起舞

■ 狗尾巴草

我们去年才把家搬到这里。

这里是二三十年前修下的老房子了。原主人是个黑人。那黑人也许日子过得非常窘迫，也许有什么无法摆脱的心事，总之，好像老是处于心不在焉的状态。不是么？你看，一个面积颇引人喜欢的很大的后院，却荒草萋萋，还是一片原始状态。

因为院子确实很大，我们也没有力量在两三年间雇请人将它整好。于是我们买了一台锄草机，每过一两个月就将那荒草剪锄一遍。

荒草种类很多，但主要是狗尾巴草。故事也出在狗尾巴草的身上。

我们一遍一遍地锄，狗尾巴草一茬一茬地长。

长起的每一茬狗尾巴草，它的顶梢都有状似狗尾巴的毛茸茸的穗子在风中摇曳。那穗子活像无数碍事绊脚步的烂矛破戟，看一眼都让人心里发毛。狗尾巴草就用这穗子结籽和繁衍后代。我捧起看了看，穗上结了数不清的种子。我想，只有锄得更勤，才有希望使来年的院子荒草断种。

我们就每过两三个星期锄一遍了。我们有时候为此累得浑身酸疼，因而望着狗尾巴草生气，气极了，就骂它，踩它。

但我们一遍一遍地锄，狗尾巴草还是一茬一茬地长，

211

一茬一茬地结穗子，变化只在于，个头日趋低矮，穗子日趋瘦小。

其后我到外地去了。我回来已是暮秋天气，桃杏和槐树已经落尽了叶子。门前新栽的两棵橘树结满了颗颗小太阳似的金球。

走后院子里的锄草工作，家人是一直坚持着的。

可是我看院子，狗尾巴草居然还都未曾消失。

我先是吃惊，气愤，无奈，继而，神差鬼使似的，很有些肃然起敬了。

狗尾巴草虽然只有两寸多高了〈通常是长半人高〉，却都结着小小的穗子。好像进了小人国似的，小小的茎、叶、穗都非常完整的狗尾巴草铺了满满的一地。那狗尾巴草的小小的穗子在斜照过来的阳光之中，周身的细芒挑着颤颤的露水珠儿，朦胧至极，妩媚至极。仔细看时，每棵狗尾巴草都无法掩盖自己的疲惫之态，但于疲惫中却迸射着咄咄逼人的不灭的生机。它们好像含着泪水在说："我们咬紧牙关，奋争了整整一年。"

一曲劲歌，仿佛骤然响起。

仿佛劲歌直上云端。

谁在唱呢？

——唱歌的是被宰杀了数十次的生命；数十次也不死，也一次次倒下又站起来了！

它在绝境中求生，绝境中歌唱，寻常的呼吸被它升华为永恒。

是的，这就是生命，生命的可叹处正是这样。它为了把大自然的神圣创造延续下去，坚忍卓绝，锲而不舍。它仿佛即使没有茎干了，也要在根上结出几粒种子！——啊，这就是生命！

风雨起舞

■ 云彩的诞生

贾宝玉在《红楼梦》里说："女儿是水做的骨肉。"书里只是一句，书外回声几百年，至今还响在千万人的齿缝唇间，足见此话的精到睿智。那么，以水为躯的云彩，就是环宇的女儿了。环宇也有威武剽悍的儿子，那是山。山的骨肉是用马蹄能敲出火花来的嶙峋石头。山豪壮，云婉约；山铁硬，云柔美；山外露张扬，云含蓄娇羞。

环宇如果没有山，这环宇仍是环宇；但如果环宇一朝失去了云，这环宇恐怕就不会有一切生命了。

看来，云彩，这环宇的爱游爱走的曼妙女儿，对于我们这个世界，太重要了。人们没有不喜欢云彩的。但是倘问：你见过云彩是怎么诞生的吗？想必绝大多数的人都会被这一问噎住。

我们的祖先中倒是有些有心之人，比如唐诗人王维，他曾经肯定是求索过这一奥秘的，因而写下了"坐看云起时"的绝妙佳句。但是他只是粗线条的勾勒，或者说只是写了云彩的孩提阶段，成长阶段，并没有写到云彩是怎么从母胎里分娩的那一刻。

但是我今天可以写出那一刻，因为我有幸比王维走得远得多了，云彩的诞生曾闯入我的眼帘，因而我看得很是仔细。

那是在阿拉斯加。

半山坡上，一片静静的树林，微弱的阳光洒在它的枝叶间。除此之外,什么都没有;如果说有,只有些早前曾经存在过的鸟儿的扇翅身影和它的鸣啭;但是现在,这些都归于空无。而远处走来的风儿,也好像有意绕了个弯子,回避到别的地方去了。这自然是预示着一个庄严时刻的即将到来。一派产妇即将临盆的气氛。不料过了一秒,两秒,三秒,什么事情竟都没有发生。然而,正当你要转脸的时候,眼睛的余光里却好像扫到了些什么动静。你赶紧放正脸颊。哦,不是什么"好像扫到了些什么动静",而是那动静,真真实实地被你看到了!

那么,是什么样的动静呢?

树根下,紧趴土石的漂亮的或扭曲纠结的树根下,飘起了几根游丝。只是几秒之后,飘动的游丝多了起来。又只是几秒之后,你便会看到树的干上,枝上,叶上,都有缕缕白色的轻纱飘过,飘过,飘过,而树干,树枝,树叶,有的被白纱裹得严严实实,有的还显露在白纱之中或白纱之外。而不知不觉间,整个树林十分热烈地激动起来,颤动起来,运动起来,同时还有了一些抹弦似的美妙声音。这一切都虚虚幻幻,朦朦胧胧,飘忽不定。当然,除此之外,别的只是个大大的 0 字。这时候你便会想到在产房里一个婴儿正在诞生时的幽闭情景。那时候连他亟想马上亲见的父亲也不能立在这儿。不错,正是这一刻,那水做的骨肉,那新鲜的云彩,那环宇的漂亮女儿那小宝贝,就已经洒洒脱脱地诞生于人间了。哦,看哪,它们竟是多胞胎!它们一朵朵,一片片,洁白耀眼,正在沿着林梢升起,升起,于是人们惊喜地喊着它了:

"云儿! 云儿! 你看那云儿!"

这整个过程,大概只用了两三分钟的时间。

云儿的诞生从来不会逢上难产。

所以那云彩那环宇的女婴在诞生中都没受过碍绊的痛苦，都一诞生就显得那么健康那么灵秀，都一诞生就有了敦煌飞天的潇洒模样。

看了我的这记叙，也许很难满足读者，但我只能写到这样的水平了，因为云彩的诞生是玄妙的，难以捉摸的，要用语言尽数表述出来，几乎绝无可能。云彩的诞生，应该更像人类精神上的什么诞生，比如情绪，比如思想，比如定理，比如艺术，等等，它需要你的想象加以弥补。

先前，树林是黑乎乎的一片，而现在，它大部分的胴体被云雾的被子所盖，于厚厚的云雾中，显露出由白到灰到黑的淡淡浓浓的层次，一列列裹着深浅不同色阶的黑的树木被晕染出来，如湖笔徽墨画出的水墨画儿，那画儿中的每棵树都逸气四溢，好不妩媚。其实它就像一位疲倦而幸福的产妇，懒懒地躺在那儿。

云彩的罕见诞生过程，我在阿拉斯加旅游的那些日子，实在是见得太多太多了。因为在阿拉斯加，每走一步都水汽逼人，它到处是白皑皑的雪山和冰川，到处是明镜般的湖泊，到处都是挂着露珠的树木，于是水就在那儿无时无刻不在孕着飘逸的骨，水就在那儿无时无刻不在孕着轻灵的肉，于是云彩这环宇的美丽女儿便无时无刻不在那儿分娩着，诞生着，出世着。整个阿拉斯加，可以说就是一个诞生云彩的浩阔产房。

大雨落在硅谷

　　这个题目显然含了极多的水分,是饱和了的,就像天上的云彩。只见那些云彩好像只轻轻地一抖,天地间就有了几丝水意,紧接着起了风,然后,就感到鼻尖上落下凉森森的东西,再然后,雨就真的普天飘洒,这儿那儿,就都有雨伞一把一把地张扬,红红绿绿,摇摇曳曳,如一朵一朵绝美的鲜花。

　　然而,雨伞毕竟不多,因为这是硅谷,是轮子上的世界,沿着高速公路,钢牛铁马踩着风火轮,车的挡风玻璃上,雨刷子如倒置的钟摆往复不停,隔着车窗望出去,风驰电掣,轮飞水溅,哪一个不是一派与时间叫阵的劲头?

　　然而,汽车也毕竟不多,因为,硅谷不是小村镇哪!它的人口是 250 万哪!举目四望,不只汽车不算多,也没有多少可以称得上雄伟的建筑,而现代都市常有的摩天大楼,它一座都没有,即使是它的商业区也看不出有什么像模像样的繁华。这硅谷,平日就如一座空谷,此刻就更静了,而且加上几分朴拙。哦,好独特的藏而不露的硅谷!

　　然而,我的心此刻却飞到大洋彼岸——飞到陕北去了,飞到关中平原去了。陕北的信天游中隐隐飘荡着米酒的香气,沁人肺腑。关中平原菜花黄了的时候,常常把大雁塔都辉映得像金子,万丈辉煌。我多少年一直生活在那里。在那里,曾经有一些时候,所谓硅谷,只是《参考

风雨起舞

消息》上的一个地名，猜想中的一个最难猜的命题，如一片神山圣水。即使是现在，一提起硅谷的"苹果"，一提起硅谷的"谷歌"，我故乡的许多朋友们仍然会感到多么遥远和神秘！但曾几何时，我竟然和"苹果""谷歌"们站在一起了！挨个儿数吧："苹果""谷歌""惠普""IBM""英特尔""雅虎"……它们一个个的就在我身边，它们的建筑一个个精美得就像珍珠的楼，水晶的楼，钻石的楼，绿树和草坪像绿缎子似的衬扶着它们；或者，它们就像一朵朵硕大的幽兰，硕大的幽菊，硕大的幽梅，人们像蜂，在它们的花瓣间进进出出；门前或院中的标牌更是五彩纷呈的艺术杰作。我每次走过的时候，都要把那些标牌看上好几眼。它们和我离得那么近，真是伸手可触。望着那个被咬了一口的苹果，我想，那被咬下的一块，应是含在我的嘴里的吧，我仿佛咀嚼着，其声清脆。那"谷歌"的写在标牌的英文"Google"，那是我每天都要在电脑上点击的字符啊，现在不期而遇，怎能不叫人又像走入梦境！"看眼前，是何人，又面熟来又面生。"这歌，便生于我心上，颤栗于我唇间了。哦，好亲切的字符！

这雨，把"苹果"、把"谷歌"、把"惠普"、把"IBM"、把"英特尔"、把"雅虎"……把硅谷的无数公司和它们的五彩纷呈的标牌，都笼罩起来了。很有点南朝的意味。不是么？莺也在啼，绿也在映着红。虽然不见酒旗舞于风中，却有麦当劳的特大的"M"，凌空高悬。寺当然成了司了，公司，不是480个公司，而是8400多个（大的大到有员工20多万，如一条巨鲸，小的至小，麻雀似的，只有三两个人）。如果有诗人杜牧那样的眼光，我当会看到，闪烁于烟雨中的，是多少楼房，多少门窗，多少标牌多少树！但我的眼光短浅，在我面前，那些雨中的楼房，门窗，标牌,树,都是山隐水迢,迷迷离离,若谜,若梦。若谜若梦的还有一部硅谷史,特别是它的源头。那个叫作特曼的斯坦福大学的名垂青史的教授,是怎么想起让他的学生们去一片荒凉的谷地创业的呢?那些学生身上带的五百块美金,是怎么一点一点凑起来的?而工作在那个破烂的车库里的有志青年,又是怎么迎来了惠普和硅谷的呱呱坠地?一转眼六七十年过去了,当年的一切都如隔着这蒙蒙的雨帘了。但那源头喷射出来的精神光芒,却至今随处可见。没有浮华。没有媚俗。没有慵懒。没有骄和躁。没有死气沉沉。即使在此时此刻,这落雨的假日,许多人也早早把孩子送到托儿所,早早地加班去了。只有他们家的树木还悠闲地站在他们家门前。雨水沿着棕榈树的树干流淌下来,棕榈树高大,挺拔,它小小一团的枝叶紧贴着云层,仿佛为了弥补硅谷没有高大建筑的缺憾。湿淋淋的橘子树叶子碧绿,果实金黄;随着雨滴的落下,那耀眼的果实也落下落下,咚咚地响;地下已铺了金黄的一层了,它们仿佛在水中抱怨,叹息。只有忍不住寂寞的雨水珠儿,像一个百无聊赖的孩子,在左近的电线上滚过来,滚过去,滚过来,滚过去。但有什么办法呢?谁叫这儿的主人是创业者呢?主人经常忙得连和孩子一起散步的时间都没有,连夜里都常常在办公桌下钻进睡袋里瞎凑合一宿,怎么能有时间采摘这些成熟了的橘子呢?

蓦然间,山头的白色云朵,一团一团地向下翻滚。风应该是隐身人,它与云朵步步相随,我们却看不见它。但风的力量,在每一团云朵上都表现出来了,使每一团云朵都翻卷如雪的浪涛。雨便骤然大了起来,一下胀大了百倍千倍。我不由得向谷歌那个巨大的石制标牌看去。我觉得定然是一个什么人给谷歌公司的楼房间扔进去一个

"雨"字,又在它的大门上一点击,于是,史前的雨,史后的雨,东方的雨,西方的雨,大陆的雨,海洋的雨,携雷的雨,带风的雨,自然界的雨,艺术作品中的雨,一霎间,全被召到这儿来了。雨族云集,轰轰烈烈。雨雨雨雨雨的大会师,雨雨雨雨雨的大博览,雨雨雨雨雨的比拼,雨的竞技,雨的狂欢!我曾经写过一篇叫做《七月的雷雨》的散文,写的是陕北,陕北的那场雨是够大的了,但到了这里,它只能算一个小弟弟。仰视吧,老大哥在此,老大哥何等庞伟!它是我有生以来见到的最奇特最浩大的雨。满天空悬挂的已不是雨线了,而是瀑布,一道一道雨的瀑布。惊雷声中,电光一闪,它们白亮得让人惊诧,让健忘症患者都过目不忘,让最平庸的画笔也能出奇制胜。这些尼亚加拉瀑布,伊瓜苏瀑布,安赫尔瀑布,黄果树瀑布,李白诗中遥看瀑布挂前川的那个瀑布,以及非洲的瀑布,欧洲的瀑布,澳大利亚的瀑布,都如银河决口哗哗泻下。随着强劲的风,它们都在空中摆来摆去,以千钧之力。由于它们的摆动,周遭的景物都在迅忽变幻,包括那些建筑,包括那些大树,包括那些高速公路,包括公路上的红绿灯,包括红绿灯辉映的汽车,都是瞬间连个影儿都没有了,只见白茫茫一片。可是刚几分钟,就像变魔术似的,一切又都显露出来了,历历在目,清晰如初。这雨就这么神神奇奇。这雨就这么威威武武。这雨就这么滂滂沱沱。这雨就这么壮怀激烈有如千万件管弦乐器一齐演奏。

哦,硅谷之雨,你使我想起山,想起海;想起尼采,想起爱因斯坦,想起莎士比亚和鲁迅;你是一种何等的大气象,大境界!

这样的雨,也许只能生在硅谷。

提起谷,人们往往想到的是狭小,窄逼,阴暗。想起两座大山的互不相让,而谷就在其间,谷如两个争斗正凶的壮汉间的一个涕泪涟涟的小媳妇。想起几块石头,一道细流,再加些许花草,如我们陕北的某一山谷。而硅谷之谷,完全不是那样。来到硅谷,人们都感到和自己原来的想象大不相同。硅谷自然也是被两座山夹峙着的,但那两座山相距是多么辽远,其最宽处竟然有 16 公里,以至让人感到硅谷不是谷,而是一块广袤的原野。硅谷的天空宏伟高旷,完全是"天高任鸟飞"之天。无疑,硅谷的地理风貌所显露出来的,也是一种大气象,大境界。

我常去硅谷库市雄伟的图书馆借书,图书馆的对面是几间房子的市政府,二者相比,一个简直是远洋轮,一个简直是小舢板了。而小舢板的驾驭者,市长,还兼着污水处理厂的厂长。这就是这里的人文环境。

我曾默默想过,这远洋轮是大气象,这小舢板更绝非小境界。远洋轮共小舢板,是"秋水共长天一色"的那个"共",落霞孤鹜,浓墨重彩,一笔画出了多少博大!

现在,大雨落在硅谷。大雨是神的鼓槌,于是,每一栋建筑、每一棵树木、每一辆汽车都是鼓啦,一个一个地敲,一个不漏地敲,一个比一个更重地敲。敲得那么欢欣,敲得那么痛畅,敲得那么有板有眼有音乐性有动听的旋律。犹如今天敲了就再没有机会敲了,因此敲得不愿再放下鼓槌,敲得忘乎所以,死去活来。狠敲浪敲贪贪地敲哪,咚咚咚咚如硅谷的十指敲击着电脑,敲击着山河的键盘。但尽管大雨下得这么壮观,那些写字楼上却没有人把脸凑在窗上看稀罕,因为人们都顾不上观雨,都属于正在埋头工作的电脑芯片。

大雨落在硅谷。大雨使空洞的有了内容,使抽象的显出了影子。大雨之网诠释着互联网,隐者互联网今天以大雨作自己的画像展示了自己的风采,真真切切,鲜亮明晰。那么网中硅谷:你既然教会了我如何下载,我现在就下载了,你看我从墙上下载了一把雨伞,准备打着它到院子去,把倒了的小树往起扶一扶。你看我家的宠物狗还跟着我,它一点儿也不怕雨的浇淋,跑来跑去,汪汪地叫,简直像网络中的一条最新的信息。

大雨落在硅谷。大雨鞭策着硅谷,振奋着硅谷,歌唱着硅谷。硅谷,这美利坚的高科技企业中心,这美利坚的资讯科技产业龙头,这美利坚的人才高地和风险投资沃土,这君临天下的所在,风光如画,气象万千,肤有白黄黑,语有英中印,云集着全球多少科技精英!多少青年才俊来此结缘筑梦!它每半个月就可能推一两个公司上市,每一天就可能造就三四十个百万富翁。当然,在此创业,并不见得总是带来财富,也有跌得鼻青脸肿的人,不过硅谷的人们说,他们愿意接受失败,他们认为失败永远是最有用最好的经验。跌倒了,爬起来再干。

大雨落在硅谷。谁家的院子里,无数碗样大的水泡生成,奔跑,又消失了。消失了旧的又出现了新的,也是无数,生生不息。高速公路上的汽车,都成了爬不动的蜗牛。蜗牛无脚,在雨中,每一个都成了一团踯躅的云雾。八千多公司八千多标牌,八千多标牌上四溅着液体的星星。天上如倾倒着漫天玉块。万千玉块有时候被甩了几十米远,眨眼又迅疾返回;有时候又被收上半空,又忽地一下砸将下来,发出一声巨响,如惊雷触地。到处都在大躁动,大喧响,大开大阖。这时候便觉得以往见到的那些雨是多么渺小和可笑。这时候看硅谷的雨吧,这才叫雨!真正的雨!这时候,硅谷再也不是初来乍到的人们眼中的静若止水的硅谷了。那止水只是海的表面,海里热浪翻腾。现在海的表面也激荡了。硅谷表里一致了。滂沱大雨显露出硅谷最本真的真实。硅谷绝对是我们中国春秋战国的翻版,它没有一天不上演着群雄四起旌旗猎猎的伟大戏剧。雨的鼓槌敲敲打打,如述说着往日的喜悲歌哭。今朝的冒险精神创业精神一如昔日,也一如这大雨漫天瓢泼,泼一地水足肥饱的高科技之花,每朵都摇曳着古今独步的光荣和骄傲。报上刚刚披露,有一个公司,去年创立时,也像当年的惠普,只两三个人,穷得连办公室都租不起,可是他们以远大意念"电影分享"呼隆隆崛起,到今年9月,创立仅仅一年半时间,已搞得天翻地覆,被众多公司争抢收购,最后谷歌以大手笔的13亿美金购得,这无疑又是一大奇迹。硅谷,总是有这样的大思维,大动作,它是我们人类创造的一部鸿篇巨制,它无处不表现出一种大气象,大境界。现在滂沱豪雨冲洗着它,我看见它作淋浴之姿,何等壮美!它身上的征尘、汗渍、疲惫,以及些许的松懈,都随着满地挟着断柯残枝的水流,滚滚而去。如果作一幅画,背景应悬着土星火星,画题应为《震撼世界的大淋浴》。

大雨漫天,也洗着硅谷的心脏。那心脏是给硅谷以强大支持又得益于硅谷的斯坦福大学。斯坦福大学的每幢挂着雨帘的西班牙式建筑上,都有雨水舞蹈。

我来硅谷已两年多了。住在硅谷,一点儿也没有身处异国的感觉,因为抬腿动脚,都会遇到自己的同胞。据说,硅谷的华人,已有27万,成为第一大族群。印度人次之。有三千多家公司,都由我们华人和印度人执掌业务要津。其实,我想起,我们华人对于人类高科技事业的贡献,远不止这些。电脑的发明赖以二进位制,而二进位制的基本原理起源于我们中国易经的阴阳两论。

　　哦,我真想面迎大雨,如陶渊明之登东皋,长啸一声:我是多么自豪!

　　大雨落在硅谷,落在这已成为经典的著名土地。大雨敲击着我的心坎,我多日枯涩的文思因为这雨而活跃起来,纷飞如满地雨滴乱溅。我愿这大雨能赐我大魂魄,我愿我能具有硅谷一般的雄心和野心,我愿我能以有生之年,创造出一两篇无愧于我们中国人的山海之辞,云霞之章。

　　大雨落在硅谷,如落在我的电脑的键盘上。键盘上跳跳跃跃,想一半应是雨珠儿,一半应是文采。我知道这硅谷的大雨已给我增添了才气。我霍地一下站立起来,举手推开雨窗,力图更多地承接这雨的伟大洗礼。我看见大雨中的高速路上,红绿灯模糊得烂烂漫漫。我看见街上已成河啦。我看见河里的每块碎石都翻着跟头,都归了少林。我看见千道闪电喊痛快,喊人心就像这场雨啊,万条雨鞭竞自由。我感到逸笔纵横孕育在心上。

　　大雨落在硅谷。应是龙兵天上过,旌旗是水,车辇是水,脚步咚咚亦是水。应是龙兵抬来了太平洋,并且把它倒扣于天上。应是太平洋哗啦啦泻下一天伟大的祝福和滋养。世界成了雨的世界风的世界雷霆的世界。松鼠缩在洞里。出差者照样上路。又一笔资金注入。到了下午六七点钟的时候,冷清清的餐馆终于热闹了,男男女女,熙熙攘攘,湿着肩膀或腿脚,门口进来一个一个。不断收拢的,是伞;不断展开的,是印制讲究的食谱。年轻总裁依然是一副创业者的模样:牛仔裤,比萨饼,可乐。大雨落在硅谷。

布达佩斯夜景

看见布达佩斯的第一眼,心就怦然而动。古堡耸于山,铁桥横于河,两旁商品层叠的干净的街道上,新潮小车一辆又一辆箭一样射过。她是山与水的结合,古与今的结合,本土和外风的结合,小巧,美丽,又充溢着时代气氛。

与之相比,东欧的另外一些都城就差多了,那些都城的建筑单调平板,商品匮乏,脏,乱,小车都是国产,又都跑得慢悠悠的,一幅很不走运的样子。

布达佩斯明显地盖过了她们。当然,布达佩斯也有她的阴暗的方面,比如物价奇高,失业的人很多,等等。就拿流经她的市区的多瑙河来说吧,也很有点令人沮丧。原先头脑中的多瑙河。总是和蓝色相连,蓝色的多瑙河,好神奇,好美丽!可是实实在在地走到她的岸边,大失所望,她哪有蓝色可言?期望值的过高,使人真正看到她的时候,感到她竟是一河的浑浊!

但从主要方面看,布达佩斯毕竟是生气勃勃的,美丽的,而她的入夜景色,更加迷人。

当燃烧了一天的太阳被山头撞灭了她的火焰,蒸腾的热气骤消,人们还来不及擦掉额头的汗水,随着一股突如其来的寒意,满城的灯便亮了。到处是灯的山,灯的河。到处是闪光的诗,透明的画。灵动到处,鲜活到处,奇葩到处美到处。在这样的地方徜徉,谁都会流连忘返的。

　　宽阔的坡路一旁，是路灯。路灯照耀着居民院落的栅栏、大门和大门边的信箱。升上去十米、八米，屋舍的灯光灿烂。你的屋照着我的屋，我的屋照着你的屋。照出了褐的、红的瓦。各色的墙照出了阳台上摆放着的盆花，那花或一溜排的黄，或一溜排的蓝，一溜排一溜排流淌着灯光。

　　小巷中，石砌的高楼上泻下琴声，也泻下灯光。在琴声和灯光的爱抚下，奔跑了一天的小车，就像一群玩累了的孩子，都头挨头地睡了，静静地停满一侧。也有迟睡的孩子迟睡的小车才回来，才跑进巷口，才寻找自己的铺位。目光炯炯，车灯炯炯。

　　一进入大街，就像一失足掉进大海，不待反应过来，灯光的浪涛已把你淹没了。头晕目眩，眼花缭乱，天花乱坠。灯，在前，在后，在左，在右，在头顶，在脚下。灯，连成线，织成网，编成花。商店如灯砌，道路如灯铺，行人如灯塑。飘拂的秀发飘着灯光，情侣的眼睛含着深情。厚重得出奇的皮鞋。脑后留着的一撮毛。作为时髦装束的烂兮兮的短裤。这种种种种，都在灯光中闪烁。看看手中的购下的商品，商品厚了，厚在沾上了盈寸灯光。

　　奔驰的小车是奔驰的灯，灯灯相连，灯灯奔驰，奔驰成一条高科技时代的硕长龙灯，以每秒量着呼啸的速度，遇坡，一弓身就过去了；遇弯，一扭身也过去了。站在龙灯啸过的地方，纷飞的夜气冲来，纷飞的乱光冲来，强烈地感到了夜气和乱光的撞击力量。眼看着龙灯啸，啸，啸，想横穿街道，那是万万办不到的。也有胆大的人曾经试着闯闯？但留下来的，是一摊血迹，一个关于眼泪的故事。这儿不像在东欧别的国家，速度和光结构着她的躯体。

看到了多瑙河,才看到了最美的灯光,最美的景点。那是星空的浓缩。那是宝石的汇聚。那是梦幻的再现。想必有一个超凡脱俗的天才的艺术大师,蘸着地球那边的艳艳阳光,画亮了河的两岸。无论是老布达还是新布达,无论是老佩斯还是新佩斯,都成了一个壮观的灯的花园。千朵盛开者,是灯;万朵竞放者,是灯;无数吐艳飘香者,也是灯。灯飞上宏伟的铁桥,铁桥被串串明珠勾勒出闪光的轮廓,凌空高矗,无比瑰丽;灯落进轻荡的游船,游船以叮叮咚咚的光的打击乐伴着欢歌,徐徐前行,妩媚多姿。而透过串串明珠阵阵欢歌,引人瞩目的极度辉煌处,是超级灯光衬出的古堡和教堂。那么高,那么明晰,那么令人感动。它是全城最敏感的一点。光和影在这一点上做了最和谐的艺术的统一。

这些美景,都是上下对称,成双成对。铁桥如此,游船如此,古堡和教堂也是如此。而下边的一个,像微风摇花,像薄云遮月,更具无限韵味。那是多瑙河中的景致。多瑙河使布达佩斯总是带着 2 的乘数,给了布达佩斯双重的美丽。而多瑙河,也一改日间的浑浊模样,如原先想象中那样蓝茵茵的了。一河灯光,一河灯光装饰着的建筑,一河的波波荡荡的诗情画意。

像看见久别的亲人一样,居然在河边,在灯下,看见一排中国槐了,亲切感油然而生。便进而亲切地想起眼前这个伟大民族的历史了,想起他们善骑射的先祖,也是从中国那边过来的。我们的根子曾扎在一起,或者,竟是同根。想到此,一颗本来有着隔膜的心,心上的细细钨丝,便亲切地通上了布达佩斯的电流,哗啦一下亮了。在灯的海洋中,它虽然显得微弱,却是真诚的祝福。

■ 附录
刘成章：向故乡的深处走去

采访/贾玲 作家/刘成章

1

问：刘老师，您的《安塞腰鼓》既有时代特色，又有地域风情，可谓是独树一帜，很多学生都是通过这篇文章认识您的。我们了解到您1937年出生于延安，当时延安聚集了大批的文化工作者，文化非常繁荣，这样一种氛围是否影响到您后来的创作，您觉得对您影响最大的是哪些人物，哪些书呢？

答：我幼时生活的延安，是载歌载舞的延安，人人参与审美的延安。我们学校，常演秧歌剧，许多同学还会吹弹一些乐器，有的老师还会写剧本，会谱曲子。我记得学校要新排一个秧歌剧，叫《红布条》，老师让同学们自动报名，大家都在争着抢着报，我就在其中。我曾经演过好多小戏。这无疑对我有很大的影响。我因此从那时开始，就喜欢上了文艺。文学、戏剧、音乐、美术，我都喜欢。这就注定了我此生会走上文艺创作道路。

我的小学的老师周加夫，经常给我们编排大秧歌，写小剧本，写艺术字，搞木刻，他编排的大秧歌，受到了延安大学校长、曾任《西安老百姓报》主编、著名民主人士李敷仁的竭力赞赏。他后来成为专业剧作家，写有大型歌剧

227

剧本《新农村》《赤卫军》《蓝花花》等,我从小学到中学,他一直是我的偶像。再后来,发表了《回延安》的诗人贺敬之,对我的影响更大,他所有的作品我都反复读过。我的启蒙读物是何其芳、张松如编选的《陕北民歌选》。由此出发,我又读过很多信天游、爬山歌。读初中之后,我从刊物上,新出版的诗集中,读了不少当代诗歌,很自然地就开始了写诗。初中毕业时,我已发表了一些诗作。

在整个学生时代,我们不是天天应付考试,而是文娱活动丰富多彩,同时,常有机会上山下河,摘杏捞鱼捉鸟雏,孩子的天性得到了自由张扬,过得非常愉快,从没有感到有多么大的压力。如果用鲁迅先生的《从百草园到三味书屋》比喻的话,那时候,我一直有幸生活在百草园中,从来没有进过三味书屋。

2

问:《安塞腰鼓》是一曲陕北人生命、活力的火烈颂歌。很多人的印象中西北似乎是贫困、封闭的代名词,但您的笔下的陕北有一种超越现实的诗意,请问您是怎样运用语言来完成这种艺术书写的? 您能给正在学习写作的学生们一点建议吗?

答:着手写作《安塞腰鼓》时,我不想走一般路子,比如先写安塞,安塞的自然风光,再写看腰鼓表演,接着写安塞腰鼓的历史传说,尔后再写安塞县近半青年都会打腰鼓,甚至连上小学的六七岁的娃娃都会打,其中还写上专业舞蹈演员如何学不会,等等。我觉得这样写诚然省力,却是一种没出息的写法。我曾看过一篇外国的写花朵开放的散文,受其启发,我决定把以上那些信手拈来的东西甩开、扔远，视之为庸物，而只留下观看安塞腰鼓表演的一小段，正面描写它。后来每当我想起来都觉得脑门子发紧，觉得自己那时有点太冒失了，简直是给自己出了一道最难的难题，成功的把握几乎为零。但奇怪的是，当年写作时却一点没有费力，只觉得各种词儿像泉水一样从脑子里咕嘟咕嘟往外冒，一口气便呵成了。写的时候我甚至还借鉴了《阿房宫赋》的修辞方法：排比、比喻、本体和喻体的倒置，具体如"明星荧荧，开妆镜也。绿云扰扰，梳晓鬟也。渭流涨腻，弃脂水也……"事实证明也是借鉴对了。

我们的先人曾经给我们创造了辉煌的文化。无论是唐诗或者宋词，还是唐宋八大家的文章，都给我们树立了伟大的标杆。作为一个当代作家，我一直认为，我们不能愧对祖先。无论是写诗还是写文章，都应该是一种创造，要能给人以新鲜的思想启迪和审美感受。

我写《安塞腰鼓》时，心中有个明确的意识，就是要努力写出精品，因而选取了一条披荆斩棘的路。古人说："盖文章，经国之大业，不朽之盛事。"国外有人曾把散文定义为"美学惰性"的文体，意为散文是可以不断重复的无难度的写作。这显然与我国的传统认知是格格不入的。我国的古典散文，几乎都是作家苦心经营出来的，有的散文，其所用的每一个字都大有讲究。实际是散文易写难工。

在这里，我想对小朋友们讲点我国的文化传统。在我们的先人的手里，人们走在路上，无论遇到一片什么样的写了字的纸，都不能有任何不敬的表现，而是要把它恭恭敬敬地捡起来。我们从小应该形成这样一个优秀的观念，即：敬重文字。不论写什么文章，我们都必须郑重其事，不能等同于儿戏，不能敷衍了事，胡乱涂抹。

3

　　问：您是从 45 岁以后专写散文,在 73 岁开始才学习画画,并成功举办画展,用文学陕北和水墨陕北两种不同的形式来表达故土的风采,这两种形式有什么相通之处与区别之处?

　　答：散文中,有一般散文和艺术散文,我多写的是艺术散文。艺术散文和水墨画,都是一种艺术,都是在发现美,表现美,求美。但二者又有区别。艺术散文是用文字展现形象,在形象中,涵蕴着作者的思想意识和感情;而水墨画则是以笔墨展现形象,并揭示其中的内在精神。二者各有优长也各有局限。艺术散文所写的时间可长可短,短可一瞬,长可千年万年;而水墨画只能截取漫漫时间长河中的一朵浪花。艺术散文可以表现十分复杂的内容、思想和感情,既可一目了然,也可隐蔽一些;水墨画则内容比较单一,也比较含蓄。艺术散文是语言艺术,可以表现人们生活中的各种感觉,而且可以使用通感的修辞手法;而水墨画是视觉艺术,表现色彩、线条、明暗、人物的动作和表情,方便一些。不论是写散文还是画画,都需要作者有天赋,有悟性,有想象力,还要作者能有韧性、恒心。

　　我是 73 岁才学画的。现在已举办过画展,发表过不少作品。受到人们的首肯。我的进步之神速,我自己有时也感到不可思议。其实这里面是有道理的。

　　现实生活中,许多人的作为都证明：一门深入,可以触类旁通,可以进一步一通百通。我虽然还没有达到这一地步,但显然比不懂艺术的人学得快。

风雨起舞

4

问：我们看到您一辈子都在创作，不仅不停歇，而且越来越老道，就像敲疯的陕北腰鼓停不下来，把"一辈子活成两辈子"，是什么在支撑着您不停地创作呢？

答：我从事创作，从中小学开始，现在已是 85 岁了，真是干了一辈子，一直没有停歇。现在，我每天还和年轻人似的全日工作。有些人觉得不好理解。作为事中人，我今天可以揭开其中的秘密。而要能说清我，我要先说别人。陕师大有个教授叫阎景翰，笔名是侯雁北，他活了九十多岁，临死之前还在写作。他说过："文学这个女神，我爱了她一辈子，痴心不改，无怨无悔，如今我站到生和死的边界，力不从心，来日无多，剩下的唯有一腔不舍和牵挂了。"他还说："如果哪一天我不能写了，我的生命就结束了。"陕西有个杰出画家，叫王子武，他活了 86 岁，前两天才在深圳去世。他曾在一幅画上题诗曰："画不到奇画到死，不负此生了此生。"从他们的这些告白，也可以窥见我心头的秘密。我一直觉得文学是最为神圣的事业，视文学为自己的精神家园，想要为中华文学留下点什么。这种想法，已深入骨髓了，久而久之，精神得到了升华，心坎纯净安详妥帖，已到了忘我的境界，什么也不想了，要想，就是干到死了事。这就是我的真实的内心。我每天都在写，根本不想哪天会死，所以活得既很充实，也很开心。

在这里，我还想说一点，当作家，当画家，是社会的需要，只要你搞得好，对国家，对自己，都是很好的。但是，我们学习写作和绘画，并不需要人人都去干这些行当。

如果人人去干，我们这社会恐怕就疯了。我们学习这些，对大部分人来说，只要提高了文化素养就可以了。而且，要搞这些行当，天赋是第一重要的。如果没有天赋，拼上一辈子也不顶事。据说丹凤县不少青年立誓学习贾平凹，天天埋头写啊写，结果到了人生的秋天，两手空空，穷愁潦倒，十分可怜。希望孩子们以此为戒，不要再滚进沟里。

5

问：您一生从事文化工作，又在海外生活了很多年，您对现在因孩子的教育问题而十分焦虑的中国父母，有一些什么看法？

答：海外华人其实对孩子的学习也关注得相当多，但又不能不受主流社会的影响，入乡随俗。从幼儿园到小学甚至到初中的初期，上课时，主要是玩，回家也没有什么作业。我记得小外孙上小学，老师组织娱乐活动，让他扮个古代中国皇帝，外孙求我给他装扮，但我找不到合适的衣冠，就给他头上扎了一条毛巾，就像陕北农民一样，又把床单随便扎了一下，给他穿在身上。我对他讲，这是当了皇帝的李自成，结果效果不错，各种肤色的小同学都啧啧称奇，也了解了一点中国的历史。他也从同学的表演里学到了东西。

中国孩子都学习努力，大多考大学时都会进入名校，毕业后也都会进入白领阶层。但是，与一些白人小孩相比，就差了很多，较少出现震惊社会的杰出人物。创办社交网站脸书的扎克伯格，1984 年才出生，被人称为盖茨第二，就是我在美国时突然冒出来的。他十岁时有了第一台电脑,从此将大把的时间都花在了上面。父母发现他对电脑非常有兴趣,就为他请了软件开发的家教,每周上课一次。请注意,他们虽然也请家教,但是,绝不是为了拿个考试高分,将来上个好学校。

之后不久,父亲领着他,就近去大学旁听计算机研究生课程。据他的父亲回忆,第一次送他去上课时,教授指着小扎克伯格对父亲说:"你不能带着他来上课。"父亲则说:"他就是学生。"

我从中得到的启发是,我们的教育,不必斤斤计较孩子的考试成绩,不必看他的考试成绩拔尖不拔尖。在中小学时,主要是培养他的学习兴趣。一旦发现了他的兴趣在哪里,就应该引导他定向发展。

6

问:我们了解到您随着孩子去了美国,旅美期间也写了大量的怀念陕北的文章,无论是文还是画,把一生的经历和激情都用来歌颂故土。您回国后回去了陕北,您觉得陕北的变化大吗?在两个国家生活,回国后您再次回到延安,您的心路历程是怎样的呢?

答:故乡是自己生身的血地,是连着脐带的地方,大部分人都是在故乡耍大的,故乡一辈子都会连着人们的灵魂。这是人们的天然情感。我住在北京,行走在院子里的楼群中,一抬头看到四周高高的楼,就会想起陕北的山,想起山上的窑洞硷畔,并想,我如果要走上去,需要多少时间,是二十多分还是半个小时。到了美国后,好像和故乡粘得更紧了,常常会想到。所以在旧金山时,在暮色降临的一刻,看见对面的山上有阑珊灯火,立马就想到记忆中的延安清凉山，所以产生了《家山迷茫》那篇文章。我还写过一篇文章，题目是《问候》，写的是看见纽约的联合国总部大楼，就像看见陕北的山，觉得联合国秘书长安南，就像站在山畔上的生产队队长，于是我就想喊："噢——老安！上川有人给你捎话，问候你。"

我这次回到延安，虽然离开二十多年了，延安变化极大，但是，我一点儿都没有隔的感觉。一回去就如鱼得水，水乳交融了。在此情况下，我就有了极强烈的创作欲望，写出了《延安交响》。这样的文章，完全是心里喷射出来的，写得十分轻松。

所以我发现，当你离开故乡的时候，不是越走越远，而是向故乡的深处走去了，进一步体味故乡的乳香、草味、神韵，探寻人生的真谛，探寻灵魂中的 DNA。

（《美文·青春写作》2022 年第 2 期）

故土

浓故乡
水是故土
常深情歌
每将花
将苏宝
然是荆童
荆童

刘成章

新雪一样

静静的山畔